우리 민족의 원조 반려동물

소이야기

우리 민족의 원조 반려동물 소 이야기

발행일   2018년 7월 6일

지은이   박성대   사진   구 현
펴낸이   손형국
펴낸곳   (주)북랩
편집인   선일영   편집   오경진, 권혁신, 최예은, 최승헌, 김경무
디자인   이현수, 김민하, 한수희, 김윤주, 허지혜   제작   박기성, 황동현, 구성우, 정성배
마케팅   김회란, 박진관
출판등록   2004. 12. 1(제2012-000051호)
주소   서울시 금천구 가산디지털 1로 168, 우림라이온스밸리 B동 B113, 114호
홈페이지   www.book.co.kr
전화번호   (02)2026-5777   팩스   (02)2026-5747

ISBN   979-11-6299-206-7 03810 (종이책)   979-11-6299-207-4 05810 (전자책)

이 도서의 국립중앙도서관 출판예정도서목록(CIP)은 서지정보유통지원시스템 홈페이지(http://seoji.nl.go.kr)와
국가자료공동목록시스템(http://www.nl.go.kr/kolisnet)에서 이용하실 수 있습니다.
(CIP제어번호 : CIP2018020852)

소와 함께 울고 웃으며 살아온
우리 농촌 이야기

우리 민족의 원조 반려동물

소이야기

글 **박성대** | 사진 **구현**

북랩 book Lab

글을 쓰면서

꼭 10년 전이었다. 그때도 요즘처럼 무르녹는 봄날이었다. 살아온 이력도 그렇고 말과 눈빛도 그렇고, 내 눈에는 아무리 보아도 장사꾼이 제격이지 싶은 한 사내가 이 나라 최고 통치자 자리에 오르더니 대번에 국민들의 억장을 무너뜨리고 말았다. 그것도 가장 민감하고 가장 영향이 광범위한 '먹고' 사는 문제를 걸고서 말이다.

그 뒷이야기는 이미 우리가 겪은바 그대로다. 내가 살고 있는 밀양에서도 날마다 '촛불 봉화'를 피워 올렸다. 이른 저녁상을 물리고 나면 영남루 후문 돌계단에 모여 앉아 함께 공부하고, 함께 노래 부르고, 함께 박수를 치는 아름다운 시간들이 꽤 오래도록 이어졌다.

촛불 바다에서 울려 퍼지는 '아침 이슬'을 비감한 심정으로 들었다고 해 놓고서는 자꾸 반격의 틈만 엿보던 그분을 떠올리면 무척 화가 났지만, 우리가 사는 지방 소도시를 둘러보면 그렇게 든든하고 신명 날 수가 없었다. 횟수가 거듭될수록 새로운 얼굴들이 속속 가세했다. 입이 근질근질해 어떻게 참았는지 연일 자유발언대에 올라

열변을 토하는 볼 빨간 여고생들, 넘치는 재치와 재주를 그간 어떻게 숨기고 살았는지 생각도 못 한 교육 자료와 공연들을 준비해오는 젊은 어머니들, 힘든 농사일을 끝내고 부랴부랴 시내로 달려온 면 지역 농민들, 말로만 듣던 촛불이란 걸 들고 조금은 쑥스러운 표정으로 계단 한구석을 지키던 배 불룩한 중년 아저씨들, 지나가며 박수를 치는 행인들…. 시위라기보다는 차라리 작은 축제의 장, 밀양의 아고라를 보는 듯했다.

촛불은 점점 뜨거워져 가는데 나에게는 말 못할 '고충'도 하나 생겼다. 그건 바로 촛불을 피워 들고 앉아 있을 때마다 듣지 않으려고 해야 듣지 않을 수 없는 한마디 말 때문이었다. 그건 바로 '미친 소'. 보나 마나 광우병의 '광우'만 보고 그리 작명했겠지만, 왠지 내 귀엔 어감 자체부터가 몹시도 거슬리기만 했다. 이치에도 맞지 않았다. 소 입장에서는 그렇지 않을까? 인간이라는 이름의 모질고 탐욕스러운 포식자에게 포박당해 그들의 식욕에 맞추느라 급기야 몸과 마음이 무너지는 큰 병을 얻었는데 오히려 자기들을 일러 '미쳤다'니, 말 그대로 미치고 폴짝 뛸 일이 아닐까? 한번은 자유발언대 마이크를 잡고 '초를 치는' 말을 늘어놓기도 했다. '사실 미친 것은 저 소들이 아니라 우리 인간들이 아닐까? 지금 우리가 이렇게 모여 앉아 있는 까닭이 오염되지 않은 소고기를 더 싸게 더 많이 먹기 위함이라면 우리들은 이미 이 싸움에서 지고 있는 것이 아닐까? 우리는 지금 몇 개월령 소고기인지, 어느 부위의 소고기인지, 혹은 어느 나라

산 소고기인지 이런 따위의 세세함에 정신이 팔려 있어서는 안 된다. 이러다가는 자칫 지금 우리의 싸움이 먼 훗날엔 '음식 투정'으로 기록될 수도 있다. 우리의 식탐과 식탁을 돌아보는 데까지 나아가지 않으면 안 된다…' 그러나 촛불 시민들의 반응은 좀 뜽했다.

미친 소, 미친 소라는 말이 확성기에 웅웅 울려 퍼질 때마다 나는 그 옛날 우리 동네에서 마치 한 식구처럼 우리와 함께 살았던 그때 그 소들이 몹시도 그리워졌다. 그들의 크고 맑은 눈동자가 다시 보고 싶어졌다. 마침내 나는 어떤 의무감 비슷한 것에 휩싸이게까지 됐다. '소가 쓴 저 누명을 누군가는 벗겨주어야 할 텐데, 긴긴 세월 가난한 가운데서도 소라는 동물이 있어 우리가 얼마나 든든하고 얼마나 행복했는지를 누군가는 증언해 줘야 할 텐데, 자칫 때를 놓치면 우리 누렁소도 그 이름이 미친 소로 굳어져 버릴지도 모를 일인데…' 특히 그런 구호가 누구의 입에서 자주 튀어나오나 눈여겨 보니 주로 나이 어린 학생들이었다. 그래서 내 마음은 더욱 바빠졌다.

그때부터 틈나는 대로 컴퓨터 자판 앞에 앉아 한 마리 한 마리 그때 그 소들을 불러 모았다. 그리고는 당시 밀양 사람들이 드나들던 어떤 온라인 커뮤니티에 차례차례 소개하기 시작했다. 많은 사람들이 읽어주고, 기억을 덧보태주고, 퍼 날라 주는 바람에 나의 '소 명예 회복 운동'은 그런대로 작은 성과를 거둘 수가 있었다. 몇몇 글들은 과분하게도 합동 산문집이나 생태잡지에 실리는 기회를 얻었고, 또 몇몇 글들은 방송국에서 전파를 타는 영광을 누리기도 했으니까.

살아있는 동물들을 무더기로 땅에 파묻는 짓을 연례행사처럼 반복하고 있는 이 불길한 시절에 이따위 한가한 글이 무엇에 쓰일까만은, 그래도 십 년 만에 큰맘 먹고 흩어졌던 글들을 다시 한데 모아본다.

마침 이 글을 다시 정리하다 보니 그때 시민들의 정당한 행진을 '컨테이너 산성'으로 가로막았던 그분은, 지금은 그보다 더 높은 벽으로 둘러싸인 집에 갇혀 지내고 있어 새삼 세상 이치의 엄정함을 느낀다. 다만 그 이치가 아주 빨리 우리들 눈앞에 드러나는가 아니면 에둘러 좀 더디게 찾아오는가 하는 차이만 있을 뿐이다. 지난 10년간의 참담한 실패가 장구한 이 땅의 역사에서 부디 쓴 약이 되기를 우리 모두 다짐 또 다짐할 때이다.

이 글을 접하는 독자들 가운데 단 몇몇 분만이라도 "어머, 소가 이렇게 귀하고 예쁜 동물이었어요?" 하면서 눈을 반짝여 준다면, 그리하여 개와 고양이를 사랑하는 그 마음 십 분의 일 정도라도 다른 동물 다른 생명을 위해 비워둔다면 더없는 보람으로 여기겠다.

구현 선생님의 훌륭한 사진 덕분에 글맛이 한층 깊어졌다. 선생님께 거듭 고마움의 인사 전한다.

2018년, 찔레꽃 흐드러진 봄날에
박성대

차례

3장
분주한 가을날

1 장

—
고단한 봄날

1. 봄맞이

쑥 캐는 계집아이들 드문드문 보이는 강둑, 그 강둑에 늘어선 버드나무 가지마다 연초록 물감 슬며시 번지는 날이 오면 소들도 어김없이 봄을 탑니다.

우선 묵은 짚으로 끓여 낸 소죽은 잘 먹으려 들지 않습니다. 겨우내 얼었던 땅을 헤집고 마구 돋아나는 여린 풀들의 함성을 소 마구에 누워서도 그 큰 귀로 다 듣고 있는 게지요. 소가 자꾸 혀끝으로 깨작이면서 구시통 바닥에 죽을 남기면 할 수 없습니다. 집집마다 남자아이들이 나서서 소 꼴을 뜯어 날라야지요. 적은 양이지만 새 풀을 뜯어와 소죽에 푸릇푸릇 섞어 끓여내면 소는 숨도 안 쉬고 죽을 다 먹어 치우고 금세 구시통 바닥을 혀로 싹싹 핥고 있습니다. 한번 그리 맛을 들이고 나면 이제는 정말 짚으로만 죽을 끓여내서는 안 됩니다. 부지런히 소 꼴을 뜯어 나르지 않으면 소도 소지만 한 해 농사도 그르치게 되니까요.

우수 경칩 다 지나고 나면 소 등에 걸쳤던 삼정*을 벗겨내도 됩니다. 그래도 마구간 바닥이 질척거리지 않도록 보릿짚만은 자주자주 갈아 넣어주어야 합니다. 또 마구간이 횅해서 쳐 놓았던 까대기 같은 것도 걷어내고, 한낮에는 소죽을 데워 주지 않아도 됩니다. 볼에 와 닿는 바람이 점점 부드러워지면 부드러워질수록 소도 자꾸 햇볕 도타운 바깥을 자주 기웃거립니다. 그럴수록 소는 짚이 많이 들어가서 거칠한 소죽을 자꾸 남깁니다. 싱싱한 새 풀 맛을 알아버린 소의 입맛을 이젠 무슨 수로도 돌이킬 수는 없습니다. 그러나 밖으로 나가 소 스스로 풀을 뜯어 먹기엔 아직 산과 들이 메마릅니다.

온 동네 살구꽃 일제히 피어나는 훈훈한 4월이 되면, 겨우내 소 등을 덮고 있던 더부룩한 털도 군데군데 빠지기 시작합니다. 이럴 때는 소도 가려운 데가 많은지 자꾸 혀로 제 등을 핥거나 소 마구 벽 같은 데다가 등을 문지르곤 하는데, 미리미리 사람이 알아서 먼저 등긁개나 마당비로 소등을 쓸어주면 아주 그만입니다.

사람들도 이제 슬슬 한 해 농사에 시동을 걸 때입니다. 쟁기와 멍에도 꺼내보고, 삽과 곡괭이도 살펴보고, 꼭꼭 숨겨놓은 이런저런 씨앗들도 다시 한 번 챙겨봐야지요. 해가 길어져 볕이 더욱 따스운 날에는 헛간에 쌓여있는 질척한 거름더미를 허물어 마당에다 죽 널

---

* 삼정: 추운 겨울날 소 등에 입히는 옷. 두꺼운 담요나 헌옷 따위를 기워 만든다.

어놓고 포슬포슬할 때까지 잘 말려야 합니다. 그렇지 않으면 만질 때마다 여기저기 다 엉겨 붙을 뿐만 아니라 무엇보다 무거워 도무지 논밭으로 내갈 수가 없습니다. 거름 말리는 날엔 닭들이 아주 신이 납니다. 두엄더미 속에 숨어 살다 굼실굼실 기어 나오는 살진 굼벵이들 때문입니다.

그러다가 봄비라도 한 줄기 지나가면 일 년 중 처음으로 소를 살짝 부려 봅니다. 집 근처에 있는 좁다란 채전 같은 것은 사람 손으로도 쪼고 이랑을 타지만, 그보다 더 넓은 산비탈 밭은 며칠에 한 번씩 소가 힘을 써 주어야 하지요. 그러나 대부분 논밭에는 보리와 밀이 한창 자라고 있어, 이 정도의 일거리는 아직 '맛보기'에 불과합니다.

따뜻하고 화창하지만, 고구마도 곯아빠지고 무 구덩이에도 바람이 들어 늘 배가 고프고 좀 어질어질한 봄날이 자꾸 깊어만 갑니다.

2. 소 살림

　어른만 살던 집에 어린애 태어나면 온갖 물건들이 새로 생겨나듯, 소 안 키우던 집에 소를 키우려면 소 살림부터 장만해야 합니다.

　먼저 소 마구를 꾸며야지요. 마당가 헛간 한 칸을 소한테 내주어야 합니다. 소 마구는 바닥이 평평하면 안 됩니다. 바닥이 안쪽으로 좀 기울어야 하고 그 안쪽 구석진 자리에는 움푹하게 웅덩이를 하나 파 놓아야 합니다. 그래야 소 오줌이 그리로 다 고여서 소는 마른자리에서 잠을 잘 수가 있지요. 마구간 들머리 앞쪽에는 커다란 소 밥그릇, 즉 구시통이 놓여야 합니다. 아주 굵은 통나무를 반으로 쪼갠 다음, 쪼개진 면 그 속을 깊숙이 파낸 구시가 없으면 소에게 뭘 '담아' 먹일 수가 없습니다. 다음에는 솥 중에서 제일 큰 무쇠솥 하나를 장만해서 걸어야 합니다. 또 흔히 한약방에서 쓰는 손작두 말고 발로 내딛는 발 작두도 마련해야 하고요. 마른 짚을 손가락 한 마디만 한 길이의 여물로 썩둑썩둑 썰어낼 수 있는 물건은 오직 작두밖에 없으니까요.
　이런 것 말고도 자잘한 물건들이 꽤 필요합니다. 소죽을 끓이거나 퍼낼 때 꼭 있어야 하는 소죽바가지와 기역자 모양으로 생긴 나무 소죽갈쿠리, 여물을 담아다가 솥에 부을 때 필요한 짚 삼태기나 살 소쿠리, 소에게 입힐 삼정, 코뚜레, 목에 매달 워낭, 똥오줌으로 질척 해진 마구 바닥을 치우는 데 쓰이는 네 발 쇠스랑, 등긁개, 굵은 나 일론 줄….

　여기까지 준비가 끝났으면 밀양장에 가서 어린 송아지 한 마리 사 서 몰고 오면 됩니다. 그 뒤로는 물건을 준비할 게 아니라 소 배를 굶기지 않는 일만 남았습니다. 그러나 이것 또한 수월한 일이 아닙 니다. 대충 풀어놓으면 제 스스로 뭐든지 끝없이 쪼아 먹는 닭이나, 사람 먹다 남긴 음식 찌꺼기 한 사발 주면 배를 채우고도 남는 개쯤 으로 여겼다가는 동네 남우세스러운 꼴 당하기 딱 좋습니다.

　거기다가 소와 함께 농사까지 좀 지어보려면 더 많은 농기구들이 필요하지요. 논밭 갈아엎는 쟁기, 무얼 싣고 다니는 소달구지, 달구 지를 끌거나 쟁기질을 할 때 소 목에 거는 멍에, 무논을 고를 때도 쓰고 가을보리 갈아 놓고 논바닥에 흩어져 있는 굵은 흙덩이를 깨 부술 때도 쓰는 써레, 소 등에 뭘 실어야 할 때 먼저 얹는 질매*, 질 매 위에 올라가는 옹구, 쟁기질하는 소 입에 꼭 채워야 하는 입마개 찌그리**…. 그러나 이런 농기구들은 한 집에서 빠짐없이 다 갖춰 놓 지는 못합니다. 서로 빌려 주고 빌려 가며 농사를 지어야지요.

---

*　질매: 길마
**　찌그리: 일하는 소가 딴 짓 못하게 입에 씌우는 짚으로 만든 마개. 부리망

3. 풀, 꼴, 지슴

쑥, 야시갱이*, 질경이, 비름, 바랭이, 망초, 지칭개, 돌나물….

봄이 오면 입 있는 산목숨들 어찌어찌 연명하라고 온 천지에 돋아나는 것이 풀입니다. 왜 '풀'인지는 나도 잘 모릅니다. 그냥 메마른 땅을 푸릇푸릇 물들이며 돋아나니 풀이겠지요. 양식 다 떨어지고 고구마 무도 다 곯아빠지는 봄날인데 풀마저 돋아나지 않으면 정말 없이 사는 사람은 입에 '풀칠'을 할 방도가 없습니다. 소도 그렇습니다. 겨우내 씹고 또 씹었던 그놈의 질기고 버석거리는 볏짚밖에 없다면, 푸릇푸릇 돋아나는 그 봄 풀 힘이 아니라면, 온 동네 밭이랑을 다 일궈낼 재주가 없습니다.

그런데 이렇게 풀 이야기를 하면서 조심해야 할 게 하나 있습니다. 바로 그 이름들이지요.

풀, 이것은 대표 이름입니다.

---

* 야시갱이: 냉이

꼴, 이것은 소에게 먹이는 풀입니다.

지슴, 이것은 논밭에 나 있는 뽑아내야 할 풀입니다.

우리 동네에서는 누구라도 예닐곱 살쯤 먹으면 이 말들을 정확히 구분해 쓸 줄 압니다. 어떤 아이 하나가 낫과 자루를 들고 골목길을 빠져나가는데 동네 어른 한 분이,

"야야, 니 어데 가노?"

이렇게 물으면 대뜸 대답합니다.

"예, 소 꼴 뜯으러 갑니더."

만일 그렇지 않고 '소 풀 뜯으러 갑니더.' 하고 대답하면 물어본 어른은 고개를 한번 갸우뚱하겠지요. '쟈가 좀 늦될라 카나, 와 저래 말을 하노?' 싶어서 말입니다.

그렇습니다. 우리 동네에서 '소 풀'이란 말은 없습니다. '소 꼴'만 있지요. 소 꼴이란 말 뒤에는 흔히 '~빈다.' 나 '~뜯는다.'가 옵니다. 아이들은 곧잘 '소 꼴을 뜯으러' 가고, 어른들은 바지게를 지고 잘 벼린 왜낫을 들고 '소 꼴을 비러' 가지요.

또 논밭에 나는 풀은 '지슴'입니다. 어떤 아지매 한 사람이 호미를 들고 대문을 나서다가 이웃을 만난다면, 대화는 대충 이렇습니다.

"인자 막 숟가락 놓고 어데를 그리 급히 가노?"

"열무밭에 지슴이나 좀 맬라꼬."

"아이고, 봄볕엔 며느리 내보내고 가을볕엔 딸 내보낸다 안 카더나? 마, 좀 쉬거래이."

절대 '마늘밭에 꼴 좀 맬라꼬' 혹은 '콩밭에 풀 좀 맬라꼬' 이렇게 말하지 않지요. '지슴'은 어디까지나 '~비거나' '~뜯는' 게 아니라 '~매는' 겁니다. 우리 동네에서 '밭에 잡초를 제거하러' 간다고 하면 알아듣는 사람 아무도 없습니다.

쑥이나 산나물은 '뜯는' 것이고, 소 꼴도 '뜯거나', '비는' 것이고, 지슴은 '매는' 것입니다. 우리 동네 아재 아지매들은 평생 학교 교문 앞에도 가 본 적이 없지만, 이 말만큼은 한번 틀리지 않고 입속의 혀처럼 능수능란하게 쓸 줄 압니다.

4. 쟁기

농사꾼은 소의 힘을 빌리지 않으면 농사의 농자도 꺼낼 수가 없습니다. 소가 해내는 일은 열 가지, 스무 가지도 넘습니다. 하지만 그중에서도 딱 한 가지만 꼽으라면 뭐가 될까요? 아마 농사꾼에게 직접 물어본다면 이구동성으로 이것을 꼽지 않을까요? 바로 쟁기질. 농사를 짓는다는 것은 곧 땅을 갈아엎는다는 말인데, 이게 안 되면 씨앗부터 뿌릴 수가 없습니다.

쟁기질보다는 못하지만 소에게 기대야 할 일은 참으로 많습니다. 소가 힘을 써 주지 않으면 온갖 무거운 짐들을 어느 누구의 등짝으로 다 져 나른단 말입니까? 소가 먹어주지 않으면 그 많은 보릿짚 볏짚 등겨를 어떻게 다 처리한단 말입니까? 소죽을 안 끓이면 어느 부엌 어느 방을 그렇게 따뜻하게 데워 식구들 몸 녹일 수 있게 만든단 말입니까? 소를 팔지 않으면 무슨 수로 재산을 그렇게 남몰래 야금야금 불려 나갈 수 있단 말입니까?

우리 동네 소들 가운데서 웬만큼 나이를 먹은 암소는 봄부터 가을까지 쉴 새 없이 쟁기를 끌고 또 끌어야 합니다. 모든 논밭에다

다 벼를 심고 보리를 심는 게 아니어서 이른 봄 비어 있는 이 밭 저 밭을 찾아다니면서, 보리 타작 끝나면 죽기 살기로 쟁기를 끌어야 할 '죽음의 농번기'를 대비해 미리 몸풀기를 시작해야 합니다.

그런데 우리 동네에서는 쟁기란 말이 없습니다. 모두 '홀찡이'라 부르지요. 다른 고장에서는 땅을 제대로 갈아엎는 묵직한 쟁기와 마치 긁듯이 살살 고랑만 타는 가벼운 '극젱이' 혹은 '홀쳉이'가 엄연히 다르다고들 하는데, 우리 동네 사람들은 그냥 두루뭉술하게 '홀찡이' 하나밖에 모릅니다.

쟁기를 옆에서 바라보면 왼쪽 획은 곧추세우고 오른쪽 획은 삐딱하게 날려 쓴 한자 사람 인(人)과 닮았습니다. 쟁기는 크게 세 부분으로 만들어져 있습니다. 사람 가슴팍 앞에 우뚝 선 기둥과 같은 술, 술에서 앞쪽으로 쭉 뻗어 나간 마치 들보와 같은 성에, 그리고 쟁기의 여러 부분들 가운데서 유독 쇠로 돼 있어 직접 흙을 파 뒤집는 일을 맡은 보습. 이 밖에도 여러 부속품이 있는데 그 이름을 세세하게 다 붙여 놓았습니다. 자부지, 손잡이, 한마루, 까막머리, 봇줄, 한태, 멍에, 찌그리…

쟁기는 자체 무게도 제법 나갑니다. 빈 쟁기를 지게에 지고 일어서 보면 벌써 한 짐입니다. 소는 이 쟁기 보습 날을 메마른 땅속 깊숙이 박아 넣고 그것을 앞에서 씩씩하게 끌어야 하니 얼마나 힘이

들겠습니까? 아마 큰 암소 한 마리 힘에 맞서려면 장정 여남은 명은 달라붙어야 하지 않을까 싶네요. 정말 소가 귀한, 아니면 땅이 너무 비탈져 소를 부릴 수 없는 저 산동네 사람들은 그 옛날부터 '인후치'란 것을 만들어 힘 좋은 장정들이 어깨로 끌었다고 하니 소의 고마움을 새삼 알 수 있습니다.

쟁기는 이렇게 중요한 농기구이지만 집집이 다 있는 건 아닙니다. 농사 규모가 좀 작은 사람들은 틈을 봐 가며 빌려 쓰지요. 남의 쟁기 빌려 쓰다가 땅속 돌에 걸려 보습날이 부러지기라도 하면 그보다 더 미안한 일이 없습니다. 아무리 바빠도 장터 대장간으로 당장 달려가서 새 보습날을 사와야 합니다.

우리 동네에는 이 쟁기 빌리는 것 때문에 생겨난 우스개 비슷한 이야기 한 토막이 전합니다. 우리 동네 강둑 바로 밑에 사는 석태 형님은 어찌 된 영문인지 어른이 돼서도 말을 몹시 더듬어 듣는 사람들을 답답하게 만들었는데, 하루는 이웃집에 쟁기를 빌리러 갔습니다. 주인이 아는 체를 하는데도 저 헛간에 놓여 있는 쟁기가 훤히 보이는데도, 또 그놈의 말이 문제였습니다.

"석태야 와? 우리 집에 무슨 일이고?"

"후, 후, 후, 후…, 저 후, 후…."

그러고 있는 순간에 또 어떤 마을 사람 하나가 지게를 진 채 불쑥 그 집 마당에 들어서며 주인에게 말하는 것이었습니다.

"아재요, 오늘 이 집에 홀찡이 쓸 일 엄지예? 내 좀 갖다 쓰느메."

"그러던동."

그리고는 헛간에 기대 놓은 쟁기를 냉큼 지게에 지고 도로 나가버렸습니다. 그 광경을 본 석태 형님은 자기 가슴팍을 쾅쾅 치고 발을 동동 구르고, 난리도 그런 난리가 없었습니다. 더욱 궁금해진 주인이 자꾸 묻는데도 석태 형님의 입에서는 아직 '찡' 자조차 나오지 못한 상태였습니다.

"후, 후, 후, 후…. 저 후후, 내 후, 후…."

하고 많은 이 세상 농기구 가운데서도 으뜸 농기구인 쟁기. 봄부터 가을까지 좀처럼 쉴 틈이 없는 쟁기. 그래서 누가 쟁기를 지고 소 앞세우고 골목길을 지나갈라치면 햇빛을 받은 보습날은 마치 거울처럼 번쩍번쩍합니다.

5. 먹이고 부리고

소는 아주 특별한 집짐승에 속합니다. 소에게 쓰이는 말은 처음부터 다릅니다. 우선 '기른다'와 '키운다'는 말이 그렇습니다. 이 말은 모두 다른 짐승들한테는 자주 쓰지만 소한테는 좀 다릅니다. 물론 소를 '키우는' 것도 맞긴 하지만 더 정확한 표현은 소를 '먹이는' 것입니다.

예를 하나 들어볼까요? 이웃 동네 한 사람이 우리 동네 골목에 들어서서 지나가던 나이 지긋한 어른을 붙들고 "보이소 아재요, 이 동네에도 황소를 기르는 집이 있능교?" 이렇게 물어보면 무슨 말인가 싶어 자꾸 고개를 갸웃대기만 할 뿐 퍼뜩 대답을 못 합니다. 다시, "보이소 아재요, 이 동네에도 황소 키우는 집이 있능교?" 이렇게 물어보면 쉽게 가르쳐주겠지요. 그래도 더 정확하게 하려면 "보이소 아재요, 이 동네에도 황소를 믹이는 집이 있능교?" 이렇게 물어야 합니다. 그러면 이야기는 대번에 술술 이어지겠지요. "와? 황소는 말라꼬?" "우리 동네 암소가 한 마리 암살*을 냈는데 황소가 없어서…."

---

* 암살: 암소의 발정

"그래? 그러면 저 감나무 우뚝한 저 집에 함 가 바라. 그 집 황소 풍채 참 좋다." "예, 고맙심더."

왜 유독 소한테만은 '먹인다'고 했는지 그 까닭을 잘은 모르겠지만, 짐작되는 바가 아주 없는 것은 아닙니다. 돼지나 염소나 닭은 어서어서 살만 찌워 돈 받고 팔아버리면 그만인 짐승이지만, 소는 순전히 돈만 보고 기르는 짐승은 아니라서 그 차이가 말에 반영된 게 아닐는지… 사시사철 함께 부대끼고 함께 농사지으며 함께 살아가야 하니 지극정성으로. 마치 식구 하나 더 있는 것처럼 챙겨 '먹이는' 것이라 여기지 않았을지….

또 우리 동네에서는 사람과 소가 함께 일하는 것을 일러 '소 부린다'고 합니다. 이것 또한 소한테만 쓰이는 말입니다. 돼지와 염소와 닭은 아예 일하고는 담을 쌓은 짐승들입니다. 또 설령 덩치가 있고 힘이 세다 한들 주인의 말귀부터 알아듣지 못합니다.

제대로 된 농사꾼인지 아닌지 가려볼 수 있는 기준은 바로 소를 부릴 수 있나 없나입니다. 소를 부릴 줄 안다는 소리를 들으려면 무엇보다 소와 함께 논밭에 들어가서 쟁기질을 능숙하게 할 수 있어야 합니다. 일꾼 중에서도 상일꾼은 새끼 서너 배 낳은 늙은 암소와 쟁기만 있으면 이끄는 사람 없이도 논밭을 조용조용하게 잘 갈아엎지요.

서투른 일꾼은 고함만 냅다 질러대지만 일의 진척은 더딥니다.

남들은 잘 부리는 늙은 암소가 와도 식구더러 이끌라고 하고, 소한테 매질도 하고, 연장 탓도 하고, 아무튼 옆 사람들을 내내 불안불안하게 만듭니다.

쟁기질은 보기보다 힘들고 까다로운 일입니다. 우선은 소가 알아들을 수 있는 몇 마디 말 이를테면 '이랴' 하면 앞으로 가고, '워워' 하면 제자리에 서고 '좌랴' 하면 돌아서고, 하던 짓을 멈추게 할 때는 '에떼떼떼'라고 해야 하는 쟁기질 전용 용어를 상황에 맞게 잘 구사해야 합니다. 또 묵묵히 앞서가기만 하는 소지만 그 몸짓과 눈빛을 통해 소의 상태를 늘 알아차리고 있어야 합니다. 소가 너무 힘들어하면 잠시 서서라도 쉬게 해 주고, 소가 살짝 흥분했다 싶으면 순한 말로 진정시켜 주고, 멍에 같은 것이 비뚤어져 있으면 바로 걸어주어야 하고, 송아지 딸린 암소가 자꾸 불안한 눈빛을 보이면 멀리 간 송아지부터 불러와야 합니다. 논밭 주변에 풀이 우거져 있을 때는 반드시 소 입에 채울 찌그리를 챙겨 나가는 것도 잊지 말아야 합니다. 그 하찮은 찌그리 하나를 안 챙겨 가도, 소가 내내 논두렁 밭두렁에 나 있는 풀에다가 마음을 쓰는 바람에 일이 마냥 늦어지지요. 또 파 뒤집히고 있는 논밭 이랑 모습도 가늠을 해 가면서 쟁기질을 해야 합니다. 이랑을 논두렁과 나란하게 내는 것은 기본이고, 땅이 너무 깊이 갈린다 싶으면 쟁깃날을 슬쩍 들어 올리고, 얕게 갈린다 싶으면 쟁깃날을 꾹 눌러 주고, 작년에는 저쪽에서 갈아엎었으면 올해는 이쪽부터 갈아엎고, 이랑을 건너뛰었다 싶으면 다시 한 번 쟁기질을 해서 흙이 부들부들하도록 만들어야 합니다.

　소 잘 부리는 장골이가 갈아엎은 논밭을 보면 수백 수천 이랑이 마치 거대한 쇠빗으로 한 번에 긁어 놓은 것처럼 가지런하고 반듯하여 참 보기부터가 좋습니다.
　이렇게 농사란 것은 소와 사람과 땅과 하늘이 모두 힘을 합쳐 빚어내는 고단한 노동이자 아름다운 결실입니다. 땅을 갈아엎고 씨를 뿌리는 것은 소와 사람의 몫이요 순조로운 비와 바람은 하늘의 소관입니다.

6. 새벽 산밭

봄비 꿉꿉하게 마을을 적시고 간 다음 날이나 그다음 날 아침쯤이면 우리 아버지는 자주 야시듬 산밭으로 소를 몰고 가 고추밭, 참깨밭, 고구마밭을 일구셨습니다.

논밭 갈이 쟁기질엔 늘 늙은 암소가 불려 나가지요. 황소는 덩치만 컸지 성질이 우락부락하고 순순하지 않아 무슨 일이든지 열외입니다. 조금만 제 성미에 맞지 않은 일이 생겨도 곧잘 앞발로 흙을 차며 곧고 우람한 뿔을 들이대는 버릇이 있어 여름날 산으로 풀 뜯기러 갈 때도, 논밭을 갈아엎을 때도, 달구지를 끌 때도, 황소는 소용이 닿지를 않습니다. 다만 황소는 몸값, 즉 소 금이 더 나가고 송아지 키워낸 암소가 발정기를 맞으면 그때는 반드시 풍채 좋은 황소의 힘자랑이 필요하기 때문에 그래도 마을에 황소 한두 마리는 꼭 키우는 집이 있지요.

우리 마을에서는 쟁기질하는 소 앞에 서서 코꾼지*를 단단히 잡고 쟁기질이 잘되도록 길라잡이 노릇 하는 일을 일러 '소 이끈다'고

---

* 코꾼지: 코뚜레.

합니다. 소 이끌기는 주로 아낙네나 열서너 살 먹은 남자아이들 몫입니다.

새벽에 일어나 소 이끌기는 정말 내키지 않는 일입니다.

"야야, 일나거라. 소 이끌어야제."

이른 새벽 마당에서 아버지의 나직한 목소리가 들려오면, 그만 자던 잠이 확 깨입니다. 그럴 때 생각나는 것이 바로 둔갑술입니다. 내가 파리나 모기로 변신한 다음 어디 벽장 같은 데로 꼭꼭 숨어서 늦잠을 조금 더 자는 장면을 여러 번 떠올려 보게 되지요. 이불 속에서 미적대고 있으면 목소리가 좀 더 높아집니다.

"어허이, 소가 기다린다 카이!"

아니나 다를까 마당에서는 워낭 소리가 들리고, 아무리 둘러 봐도 소 이끌 사람이 나밖에 없음을 인정하고서야 마지못해 방문을 열어보면, 쟁기 진 아버지와 소는 마당에 우뚝 서 있지요. 입이 한 발이나 빠져 산밭에 오르면 역시나 소 이끌기는 만만찮습니다. 힘든 소가 더운 입김을 훅훅 뿜어대며 뿔로 등을 슬쩍슬쩍 들이받지요, 아버지는 맨 뒤에서 소에겐지 나에겐지 꾸중을 해대지요, 미끄러운 황토는 고무신 바닥에 눌러붙는데 소 앞발은 자꾸 내 발뒤꿈치를 차지요, 땀은 비 오듯 쏟아지는데 밭이랑은 줄어들지를 않지요, 식전에 해야 할 숙제도 있지요, 아무튼 고역도 그런 고역이 없습니다.

밭을 다 갈고 나서 소 입에 씌운 찌그리를 벗겨주면 소는 근처 이슬 자욱한 풀밭에서 풀을 뜯어 먹고, 아버지와 나는 산밭 옆으로 흐르는 도랑물에 종아리를 씻습니다. 벌건 황토물이 한참 흘러내리고 나면 고무신은 한결 가벼워지고 발목도 멀게지지만 땀에 젖어 물걸레가 된 속옷만은 어쩌지 못하지요. 소를 몰고 산길을 내려오면 여기저기서 산 꿩이 푸드덕 날아오릅니다.

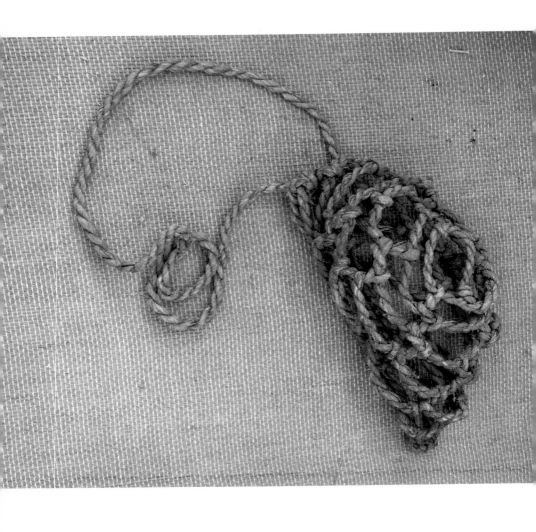

7. 상일꾼

우리 동네 구두쇠 알부자 조 씨 집 문간방에는 일 년 내내 검정 고무신만 신고 다니는 사십 줄 머슴 홍식이 살고 있지요.

아이도 홍식아, 어른도 홍식아, 새파란 새댁도 홍식아, 지나가던 엿장수도 홍식아, 모두 홍식아 홍식아 불러대건만 한 번도 성낼 줄 모르는 홍식이는 어디서 태어났는지, 성씨가 무엇인지, 나이가 딱 부러지게 몇인지 까맣게 모르고 살아온 홍식이는, 그러나 소 부리는 솜씨 하나만큼은 우리 동네에서 으뜸이지요.

찌그리 씌우고 멍에 얹은 길든 암소 앞세워 논밭에 들면 남들 하루 일거리 한나절이면 거뜬하지요. 아로오우잇, 에떼떼떼, 쫏쫏쫏, 어데로어데로, 말인 듯 노래인 듯 고함인 듯 칭찬인 듯 홍식이 목소리 고요한 산자락에 울려 퍼지면, 지집 죽고 자슥 죽고 나 혼자 우예 살꼬, 구경하던 산비둘기도 장단 맞춰가며 홍식이 응원하지요. 기름진 흙 번쩍이는 쟁깃날에 쩍쩍 갈라져 엎어지지요.

그런 홍식이, 초여름 모심기 가을 타작 끝나면 주인집 조 씨 부인이 챙겨주는 새하얀 속옷 입고 이발하고 일 년에 꼭꼭 두 번씩 대처 구경 나가지요. 홍식이 놀다 돌아오면 마을 아낙들 눈이 반짝하지요. 홍식아 어데 갔다 왔노? 어허허허 부산 댕기 왔다. 부산 가서 머 했노? 자잘치 가고, 회 묵고, 이뿐 색시 구경도 했다, 어허허허. 이뿐 색시하고는 머 했노? 같이 누버 잤다, 어허허허.

아낙들 동네 우물가에 모여 저희들끼리 쑥덕대지요. 보래이, 요번에도 홍식이 속옷은 제대로 찾아 입고 왔다 카더나? 다들 입 가리고 키득키득 웃지요. 그래도 홍식이 본체만체 일만 잘하지요.

8. 보리타작

봄도 깊을 대로 깊어 보리밭이 누렇게 물들면 마치 전쟁 같은 농사일이 비로소 시작됩니다. 먼저, 가볍고 잘 드는 왜낫과 숫돌을 챙겨 들고 논밭으로 나가 보리를 베지요. 보리는 벼와 달리 대궁이 속이 비어 있어 비바람에 조금만 시달려도 금세 허리가 꺾이고 맙니다. 그러니 보리 베기는 생각보다 더디고 신경이 많이 쓰이는 일입니다. 힘보다는 살살 그러모으듯이 다뤄야 하는 게 보리 베기의 요령이지요. 자칫 우악스럽게 덤벼들다간 이삭이 많이 떨어져 나가 득보다 실이 많습니다.

보리는 나락과 달리 단으로 묶지 않습니다. 베어 눕힌 상태로 2~3일 말리다가 바로 타작마당을 차립니다. 드나들기 좋은 물기 없는 논 좀 너른 데를 골라 땅을 다진 다음, 보릿단을 지게로 져 날라다가 바닥에 얇게 고루 널어놓고 힘 좋은 남자들 서넛이 빙 둘러서서 도리깨를 휘두르지요.

도리깨는 탈이 가장 잘 나는 농기구입니다. 초여름에는 보릿대, 가을에는 콩대 따위를 수천수만 번 내리쳐야 하니 당연한 일이지요.

도리깨는 손잡이와 회초리 그리고 이 둘을 연결해 주는 꼭지 이렇게 세 부분으로 이뤄져 있는데, 여기에 쓰이는 나무는 다 다릅니다. 꼭지는 가장 튼튼한 참나무로, 손잡이 부분은 가벼운 소나무나 더 가벼운 대나무로, 땅바닥에 부딪히는 회초리 부분은 가지가 매끈하고 곧고 그러면서도 단단한 감태나무로 곧잘 만들지요. 그래서 우리 동네에서는 감태나무를 '도리깨열나무'라고 부릅니다. 감태나무는 어디 있어도 금세 눈에 띕니다. 봄에는 돋아나는 새순이 빨갛고, 늦가을에는 노란 단풍잎이 가지에서 떨어질 줄을 모르고 오래오래 붙어 있습니다.

아무리 어른이라도 도리깨질을 혼자서 하면 너무 힘들고 심심해 견디지 못합니다. 설령 몇몇이 함께 하더라도 그냥 묵묵히 도리깨 자루만 휘둘러도 오래 못 갑니다. 앞소리 뒷소리 매겨 가며 입도 함께 도리깨질을 해야지요.

"으이쌰!"
"흐이쌰!"

"에야!"
"데야!"

이렇게 툭, 탁, 툭, 탁 장단을 맞춰가며 싱글벙글거리며 해야 오래 할 수 있는 게 바로 도리깨질입니다.

낟알이 다 떨어졌다 싶으면 도리깨한테 수없이 얻어맞아 노곤노곤해진 보릿짚을 낫으로 슬슬 걷어내고, 다시 새 보릿단을 펴주고, 또 때리고, 또 걷어내고, 이렇게 종일 널어주고, 때리고, 걷어내고 하면서 보리타작을 합니다.

보리타작이 끝나면 낟알은 낟알대로 갈무리하고, 옆에 수북이 쌓여 있는 보릿짚은 좀 적당한 날을 잡아 갈쿠리로 차근차근 추려서 집 가까운 공터로 져 날라야 합니다. 그래야 겨울이 돼도 소 마구 바닥이 푹신하지요. 둥두렷한 보릿짚 무더기를 보릿짚동이라고 부르는데, 진짜 야무진 어른들은 보릿짚동을 그냥 내버려두지 않지요. 헌 비닐 같은 걸로 잘 둘러싸서 꼭꼭 여며 줍니다. 그러지 않고 장마철 내내 비를 맞아 버리면 겨울에 버리는 보릿짚이 더 많아지니까요.

나락과 달리 타작이 끝난 보리 낟알 속엔 온갖 쭉정이나 검불 들이 섞여 있습니다. 특히 보리는 수염이 많아서 더욱 그렇지요. 그래서 보리는 반드시 풍구에 넣어 찌끄레기*들을 날려 보내든지 아니면 바람이 좀 설렁거리는 날 길거리에 나가 넉가래로 보리를 퍼서 공중으로 흩뿌려 가벼운 여러 불순물들을 날려 보내야만 합니다. 이 일을 두고 우리 동네에서는 '끼끼 날린다'고 하지요. 끼끼 날리기

---

* 찌끄레기: 무엇에서 부스러져 나온 좀 작고 가벼운 쓰레기

좋은 명당은 우리 동네 앞 신작로 시멘트 다리 위입니다.

맛이야 쌀밥에 비할 바가 아니지만 농사짓기는 나락보다 훨씬 쉬운 게 보리입니다. 파종도 간단하지요, 추운 한겨울을 나는 작물이라 농약을 칠 일도 없지요, 물꼬 싸움할 필요도 없지요, 깍지* 끼고 논바닥에 엎드릴 일도 없지요…. 그래도 더운 초여름 한낮에 까실까실한 보리 수염 뒤집어쓰고 종일 해대는 도리깨질 하나만큼은 참 고된 일에 속합니다.

보릿짚은 오직 소 마구에만 들어가기 때문에 모든 논밭에서 나오는 보릿짚을 다 집으로 가져올 필요는 없습니다. 농사가 좀 많은 집에서는 남는 보릿짚은 그냥 논바닥에서 불에 태워 재거름으로 만들어 버립니다. 유월 보리타작 철 해거름이 되면 들판 여기저기에서는 보릿짚 태우는 연기가 자욱합니다. 보릿짚 연기에서는 약간 누릇하고 구수한 보리 냄새가 납니다.

한 마디로 보리 농사 덕분에 사람에게는 양식이, 소한테는 겨울 이불이 생긴다고 할 수 있습니다. 그러고 보면 보리라는 놈도 참으로 신기하고 강인하고 고마운 '풀'이라 아니할 수 없습니다.

---

* 깍지: 논바닥을 맬 때 손끝에 끼워 쓰는 농기구. 대나무로 만든다.

9. 유월 강변

일 년 중 소가 가장 힘든 시기는 오뉴월에 걸쳐 있는 약 한 달여 간입니다. 이른 봄에는 좁다란 이 밭 저 밭을 시나브로 갈아주면 그만이지만, 보리타작이 끝났다 싶으면 그때부터는 그야말로 목덜미에 진물이 나도록 쟁기를 끌고 또 끌어야 합니다. 이 들 저 들 온 마을 논 수십 수백 마지기를 단숨에 다 갈아엎어야 합니다. 다시 갈아엎은 그 논에 물을 대면 이번에는 첨벙첨벙 무논에 들어가 사람들이 모심기할 때 모를 쥔 손끝이 쏙쏙 잘 들어가도록 써레질을 해야 합니다. 써레질이 끝나면 논바닥이 기울지 않도록 번지치기*도 해주어야 합니다. 그러고 나면 소도 사람도 모두 한 며칠 쓰러져 몸살들을 하지요.

아카시아꽃 지고 밤꽃 피는 유월이 오면 동네 사람들은 아침부터 저녁까지 종종걸음을 치고 다닙니다. 나이가 여남은 살씩만 넘기면 뭐든지 일손을 거들어야 합니다. 남자아이들은 못줄도 잡고 모춤도 나르고, 여자아이들은 중참을 이고 논밭으로 나가고, 이 집 저 집

---

* 번지치다: 번지라는 농기구를 이용해 모 심을 논바닥을 고르게 골라 주는 일.

남은 연로하신 할배, 할매들은 젖먹이나 집짐승을 돌봐야 하고…. 이럴 때쯤이면 학교에서도 한 사나흘 '가정실습'을 합니다. 우리 동네 사람들 우스갯소리로 '오줌 누고 뭣 볼 틈 없는' 시절이 돌아온 것이지요.

소는 말할 것도 없습니다. 동네에서 일 잘한다고 소문난 몇몇 늙은 암소는 특히 더 고됩니다. 다들 번연히 사정을 아는지라 늙은 암소 빌려 달라는 말이 차마 입 밖에 나오지를 않아, 자기 집 고만고만한 암소와 식구 앞세워 쟁기질을 하다가는 속이 끓고 애가 타서 애꿎은 사람한테 분풀이를 하거나, 말 못하는 소등에 매질을 해대기 십상입니다. 바깥양반은 쟁기 잡고 안사람은 소 이끌다 대판 싸운 집이 어디 한두 집이어야지요.

한밤중 변소 가다 소 마구 들여다보면 죽에는 입도 안 대고 그때까지 헐떡대며 등에 식은땀 비 오듯 흘리며 누워있는 소를 보면 참 애처롭습니다. 아니나 다를까, 어둠 속에서도 소 목덜미를 만져보면 우리들 손바닥만 한 벌건 피멍 자국에서는 진물이 줄줄 흘러내리고 있습니다.

남의 소 부린 집에서는 연방 머리를 조아리며 깨끗한 풀을 한 짐 베어다 준다, 보리 등겨를 한 포대 갖다 준다, 장골이를 보내 한나절 일손을 거든다 하지만, 소 빌려 준 주인 언성이 높아질 때도 종종 있습니다.

"말 몬 하는 짐승이라꼬는 하지만 세상에 이기 머꼬, 엉? 이 카다가 남의 소 잡겠다, 잡아!"

"하이고, 우짜능교, 미안시러바서…."

그래도 이 들 저 들 논배미 푸른 모로 다 채워지고 나면 동네 사람들 한 자리에 둘러앉습니다. 곗돈으로 술도 받고, 수육도 삶고, 잡채도 버무려서 다 함께 느릅내(榆川) 강가 버드나무 숲으로 나갑니다. 나가서는 종일 마시고, 노래하고, 춤을 춥니다. 동동 도동동, 장구도 치면서 아는 노래를 목이 쉴 때까지 부르고 또 불러 제칩니다.

연분홍 치마가 봄바람에 휘날리더라, 삼다도라 제주에는 아가씨도 많은데, 헤일 수 없이 수많은 밤을, 오동추야 달이 밝아….

이렇게 종일 마주 보며 놀다 보면 이런저런 마음속의 앙금들 저절로 강물에 다 떠내려가고 맙니다. 다시 형님 동생, 아재 아지매로 돌아옵니다.

10. 소싸움

　알다시피 소는 정말 유순한 초식동물입니다. 그래서 다른 동물이나 사람을 공격하는 일은 좀처럼 없습니다. 간혹 소뿔에 등을 들이받혔다는 사람이 나타나긴 하지만 알고 보면 그것은 반가움을 못이긴 소가 그런 식으로 인사를 건넨 것이거나 그도 아니면 심심한 소가 슬쩍 뿔을 앞세워 장난을 한번 걸어본 것에 불과한 경우가 대부분입니다.

　소들 저희들끼리도 그렇습니다. 동네 암소 열댓 마리를 한 자리에 풀어 놓고 풀을 뜯겨도 서로 뿔을 들이대거나 씩씩거리는 일은 아예 구경할 수가 없습니다. 혹 송아지 딸린 암소가 새끼 때문에 눈을 희번덕이며 뿔을 내저을 때도 있지만, 그것도 짓궂은 사람이 일부러 그렇게 장난을 걸어야 볼 수 있는 광경입니다. 수만 년 동안 싱싱한 풀을 지천으로 두고 살다 보니 자연스레 성질이 그리 굳어져 버렸겠지요.

　암소는 힘자랑하는 법이 좀처럼 없지만 동네에서 한두 마리 먹이는 황소는 사정이 좀 다릅니다. 이놈들은 몸이 근질근질할 때가 많

우리 민족의 원조 반려동물 소 이야기

아 힘발림*을 곧잘 해대지요. 혼자 있는 소 마구에서도 벽을 뿔로 쿵쿵 들이받아 부실한 헛간 전체를 흔들흔들 흔들어 놓고, 빈 구시통을 뒤집어 엎어버리기도 하고, 감나무 같은 데에다 매어 놓으면 나무 밑둥치를 들이받아 껍질을 홀랑 벗겨놓기도 합니다. 그러다가 어금버금한 황소 두 마리가 서로 눈앞에서 딱 맞닥뜨리기라도 하면 분위기는 제법 험악해지기도 합니다. 대개 동물들 수컷이 그러하듯 암소를 차지하기 위한 서열 정하기에 들어가는 것이지요.

황소의 이런 성질머리를 이용해 우리 고장 사람들이 오래전부터 즐겨온 놀이가 바로 소싸움입니다. 특히 우리 밀양과 경계를 맞대고 있는 경북 청도 사람들은 이 소싸움을 무척 좋아합니다. 해마다 봄날이면 청도에서는 소싸움대회가 크게 열려 왔는데 영남 일원에서 한다 하는 싸움소는 다 이날을 손꼽아 기다립니다. 소싸움판이 벌어지면 대번에 입소문이 짜하게 나고, 웬만한 사람들은 다 호미 지게 잠시 던져두고 삼삼오오 구경들을 갑니다.

아주 오래전, 나도 딱 한 번 청도 서원천 변으로 소싸움 구경을 가 본 적이 있습니다. 말로만 듣던 소싸움 구경에 나서던 날 아침, 나는 살짝 기분이 들뜨기도 하고 좀 조마조마하기도 하고 그랬습니다. 이때껏 눈앞에서 두 마리 황소가 정식으로 결투를 벌이는 광경

---

* 힘발림: 심심풀이로 해보는 힘자랑

을 내 눈으로 직접 목격한 적은 없었지만, 황소란 동물에 대해서만 큼은 누구보다 잘 알고 있었으니까요. 그 몸집이 얼마나 우람한지, 그 네 다리가 얼마나 튼튼한지, 그 뿔이 얼마나 굵고 뾰족한지….

나는 황소의 엄청난 위력 앞에서 종종 무릎을 꿇곤 했습니다. '느 닷없이 고삐를 끊은 황소 한 마리가 골목을 꽉 채우며 저만치에서 부터 내가 놀고 있는 이리로 탱크처럼 돌진해 온다. 같이 놀던 친구 들은 삽시간에 어디로 숨었는지 보이질 않는다. 이럴 때 하필 내 발 바닥 밑에는 초강력 끈끈이가 묻어있어 발이 땅에서 떨어지지를 않 는다. 어쨌든 한 발짝이라도 멀리 달아나야 하는데 달나라에 착륙 한 우주인의 걸음걸이처럼 허우적대기만 한다. 그러고 있는데 한순 간 갑자기 날카로운 황소의 뿔이 내 등에 와 닿는다. 으악!' 정신을 차려보면 이마빼기와 손바닥은 늘 축축했습니다. 내 등을 찌른 것 도 내가 쓰는 앉은뱅이책상이었고요. '휴, 다행이다. 다음엔 속지 말 아야지, 속지 말아야지….'

그런 황소 두 마리가, 더군다나 주인과 함께 온갖 싸움 기술을 연 마해 온 싸움소 두 마리가 도망도 갈 수 없는 울타리 안에서 죽기 살기로 싸운다, 생각만 해도 온몸이 으스스해졌습니다. 아마 투우 장 바닥은 핏물이 낭자할 거야, 아예 숨이 끊어지는 소가 생길지도 모르고, 제발 화난 소가 우리 구경꾼들을 덮치지는 않아야 할 텐 데….

몰려든 구경꾼들은 대개 햇볕에 목덜미가 새까맣게 익어버린, 모두 집에서는 소 한두 마리쯤 먹이고 있을 것 같은 초로의 농부들이었습니다. 소싸움장 시설도 얼기설기 참 편안하고 참 촌스럽고 그랬습니다. 둥그런 모래밭 운동장 둘레를 통나무로 웬만한 아이들 키 높이만 하게 목책을 둘러쳐 놓았는데, 소들은 그 안에서 싸우게 돼 있었습니다. 목책 바깥엔 토성처럼 흙을 둘러쌓아 관중석을 만들어 놓았고요.

드디어 소싸움을 알리는 징소리가 울려 퍼졌습니다. 주인 손에 이끌려 싸움소 두 마리가 차례로 등장했습니다. 동시에 투우장 장내 아나운서의 중계방송이 시작됐습니다. 이미 막걸리 두어 사발은 걸친 것 같은 아주 불콰한 목소리인 데다가 군데군데 사투리를 섞어가며 늘어놓는 사설이 꽤 걸걸하고 재미있었습니다.

"자, 전국 투우대회 갑종체급에서 천하무적, 절대강자, 독불장군, 진정한 챔피언을 자랑하는 그 이름도 용맹한 대호, 대호가 등장합니다아~. 아따, 그놈 참 인물은 인물이다~, 자 박수! 그런데 다들 아시는지 모르겠네요, 저 대호가 지금 국민학교를 댕기고 있거덩요, 자 여기서 퀴즈! 대호가 국민학생인 거는 맞다, 그라마 학년은 몇 학년이고? 6학년? 3학년? 아입니데이, 딱 1학년입니데이. 와 그런지 아는교? 대호는 나이가 올해로 딱 여덟 살이거덩, 허허허! 대호 체중은 1톤에서 쪼매이 모자라는, 무려 865킬로, 865킬로입니다. 대호

주특기는 뿔걸이와 목치기…"

투우장에 입장하는 소들의 모습도 조금씩 달랐습니다. 어떤 소는 화가 잔뜩 나 있는 것처럼 씩씩 콧김을 내뿜으며 입장해 모래흙을 앞발로 퍼 올리거나 뿔로 모래밭을 파 뒤집으며 힘발림을 해댔고, 또 어떤 소는 싸움에는 별 흥미가 없다는 듯이 조용히 주인 손에 이끌려 들어왔고, 또 어떤 소는 투우장 안으로 들어서지 않으려고 앙버티는 바람에 주인에게 매질을 당하기도 했습니다.

아무튼 소들은 싸울 수밖에 없었습니다. 소 주인들이 소들의 머리를 슬쩍슬쩍 맞대주자 황소 두 마리는 자연스럽게 힘을 겨루기 시작했습니다. 소 주인들도 소고삐를 풀어 던져버리고서는 퇴장하지 않고 소 곁에 남아 자기 소를 독려했습니다.
"그래그래 받아라, 한 번 더! 한 번 더!"
"으랏차차, 옳지 옳지, 자알한다 자알한다!"
소는 대략 두 가지 무기로 상대를 제압하려 들었습니다. 엄청난 힘과 우람한 뿔. 그러나 승부는 단순히 이 둘의 합으로만 가려지는 것 같지가 않았습니다. 또 소들은 체급별로 싸우기 때문에 상대방을 압도할 만큼 월등한 덩치와 완력을 지닌 경우는 드물었습니다.

어떤 녀석은 상대방 뿔에 떠밀려 투우장 이쪽에서 저쪽까지 질질 뒷걸음질을 치는 바람에 승패가 쉽게 갈리는가 싶었지만 끝내 자세를 흩트리지 않고 반격을 가하기도 했고, 어떤 녀석은 나이가 어리고 근육도 좀 덜 발달해 언뜻 보기에는 싸움소다운 위용이 아직은 별로다 싶었지만 의외로 끈질기게 버티는 바람에 싸움판에서 제법 이름이 난 상대방을 곤혹스럽게 만드는 경우도 왕왕 있었습니다. 그러니까 싸움소가 지녀야 할 진정한 무기는 '투지'와 '지구력'이었습니다.

소싸움 한 판은 정해진 시간이 없어 들쭉날쭉하였습니다. 길면 20~30여 분, 어떨 땐 한 5분 만에 결판이 나기도 했는데, 먼저 머리를 돌려 줄행랑을 치는 놈이 생기면 그걸로 싸움은 끝. 그리고 지레 염려했던 것처럼 그렇게 심각한 부상을 입는 경우는 드물었습니다. 관중들이 다칠 가능성은 더더욱 적었습니다. 투우장 가장자리에 둥 그렇게 둘러쳐 놓은 목책은 튼튼했고 소들은 생각보다 사람들에겐 유순했으니까요.

그런데 왜 그랬을까요? 나는 소싸움이 생각보다 그리 재미나지가 않았습니다. 지루하기도 했고 소들이 불쌍해 보이기도 했습니다.

무엇보다 소들은 싸우는 것을 그리 좋아하지 않았습니다. 아니, 무지무지 두려워하는 것 같았습니다. 아무리 용감무쌍해 보이는 소도 가만히 쳐다보면 눈빛은 불안에 가득 차 있고, 우어우어~ 그 우렁찬 목소리도 자세히 들어보면 두려움을 이기지 못해 내지르는 비명임이 분명했습니다. 그렇지 않고서야 투우장에 입장하지 않으려고 매를 맞아가면서도 그렇게 코뚜레가 찢어져라 버틸 까닭이 어디에 있겠습니까? 그런 모습을 보고 있자니 심술궂은 몇몇 동네 형님들 얼굴이 떠오르기도 했습니다. 어른들 없는 강변이나 뒷동산 같은 데서 놀다가 좀 심심해지면 그 형님들은 곧잘 아무런 악감정도 없는 동생 둘을 데려다가 억지 싸움을 붙여 놓고 히죽히죽 구경하길 좋아했으니까요. 그 싸움 당사자로 지목되면 얼마나 가슴이 쿵쾅거리는지, 또 얼마나 두렵고 얼마나 외로운지 당해보지 않은 사람은 짐작도 못 할 것입니다. 소라고 해서 뭐가 그리 다를까요? 또 막상 싸움이 시작돼도 소들은 화려한 기술 같은 걸 선보이지는 않았습니다. 그 소가 그 소고, 그 싸움이 그 싸움이었습니다. 또 소등에 페인트로 휘갈겨 쓴 큼지막한 소 이름 글자도 내 눈에는 자꾸 거슬렸습니다.

이래저래 나의 소싸움 구경은 그때가 처음이자 마지막이 되고 말았습니다. 그래도 그나마 다행이다 싶은 생각을 하면서 소싸움장을 떠나왔습니다. 저 서양의 어느 나라에서처럼 겁먹은 소를 투우장에 가둬놓고, 그것도 바짝 약을 올릴 대로 올린 다음, 결국엔 시퍼런 창날을 여러 자루 소등에 꽂아 넣어 죽이지는 않았으니까요. 그런 건 투우가 아니라 '살우'라 불러야 마땅하겠지요.

11. 동물가족

사람 사는 반듯한 위채가 있습니다. 변소, 헛간, 소 마구 따위가 있는 허름한 아래채도 있고요. 그 사이에는 고운 흙이 깔린 마당이 있고, 마당가에는 아담한 텃밭, 텃밭 가에는 감나무가 두어 그루 서 있습니다. 그 언저리 어디쯤에는 장독간이 있고, 장독간 옆에는 봉숭아도 피어 있고, 돌절구도 하나 덩그러니 놓여 있습니다.

위채 뒤로 돌아가 볼까요? 저기 어른들이 텅텅 장작을 패는 도끼마당이 보이고, 처마 밑에는 잘 쌓아 올린 장작단도 있습니다. 그리고 눈을 들어보니 짙푸른 대나무 숲이 버썩버썩 소리를 내며 찬바람을 뿜어내고 있네요.

마지막으로 밖으로 나와 휘휘 둘러보면 흙과 돌을 차례차례 쌓아 올린 기다란 돌담이 이 모든 것들을 한 아름에 포근히 감싸 안아주고 있습니다. 돌담 한 곳을 틔워 대문을 내면 그리로 모든 식구들이 드나듭니다. 이것이 바로 농사를 지어 먹고 사는 사람들이 대대로 살아가는 집이란 것입니다.

그런데 이 집은 사람만의 집이 아닙니다. 온갖 동물들의 집이기도 합니다. 웬만한 집이라면 '동물 4형제' 정도는 다 돌보고 있는데 바로 소, 닭, 개, 돼지입니다. '소-닭-개-돼지' 이 순서는 동물들의 몸값이나 덩치 순이 아니라 많이 기르고 있는 중요도 그 순서입니다. 그러니까 돼지와 개를 볼 수 없는 집는 더러 있어도 소와 닭을 기르지 않는 집은 아주 드문 셈이지요.

그 까닭은 자명합니다. 개와 돼지는 농사일 자체에는 큰 도움이 되지 않을 뿐만 아니라 먹이도 스스로 해결하지 못하지만, 소와 닭은 그렇지가 않습니다.

소는 더 말할 필요가 없을 테고, 닭만 해도 그렇습니다. 이놈은 아주 바지런 바지런하여 잠시도 쉴 틈 없이 먹이를 제 발 제 입으로 해결합니다. 풀밭에 나가 메뚜기도 잡아먹고, 두엄 밭에서는 굼벵이도 찍어 먹고, 땅을 파 헤집어 흙 목욕도 스스로 하면서 자기 자식 병아리까지 지극정성으로 돌봅니다. 또 다른 동물들은 잘 얼씬대지 않는 소 마구에까지 들어가 구시통에 남아 있는 등겨 찌꺼기도 말끔히 쪼아 먹습니다. 그래도 소는 눈만 끔벅일 뿐 닭을 내쫓을 생각을 전혀 하지 않습니다. 오죽하면 '소 닭 쳐다보듯 한다'는 말이 다 생겨났겠습니까? 항간에는 소띠와 닭띠가 부부로 만나면 찌그럭대지 않고 알뜰살뜰히 잘 살아간다는 속설도 있습니다.

또 닭은 날이면 날마다 주인에게 작고 따뜻한 기쁨 한 개씩을 선물합니다. 바로 달걀입니다. 달걀 한 개는 작고 보잘것없어 보이지만 소복이 모아 놓으면 참 풍성한 게 보기가 좋습니다. 손님이 오면 달걀찜도 대접하다가 그래도 남으면 오일장으로 들고 가 팔기도 하지요. 닭은 주인 속 썩이는 짓은 잘 저지르지를 않아 키우기가 아주 수월한 동물입니다. 가끔 족제비에게 물려 죽거나 뭘 널어놓은 마당가 멍석 위에 똥을 싸거나 아니면 이제 막 씨를 뿌려 놓은 텃밭 이랑을 발로 헤집지만 않는다면 말입니다.

그래도 식구가 많아 음식 찌꺼기가 제법 나오는 집에서는 개나 돼지를 기릅니다. 얘네들은 잡식성이라 소가 꺼리는 비린 것이나 기름진 것도 아주 잘 먹어치우거든요. 그리고 소처럼 늘 더운 죽을 끓여 내야만 하는 것도 아닌데다가, 몸값은 제법 비싸니 기르는 재미가 쏠쏠한 편입니다.

개는 참 특이한 동물입니다. 우리 할머니는 늘 그러셨습니다. 다른 짐승한테는 늘 '죽' 줘라고 하지만 유독 이 개에게만은 '밥' 줘라고 하니 집짐승 중에서 가장 양반 짐승이 바로 개라고요. 그렇다고 해서 개가 늘 먹고 노는 것만은 아닙니다. 집을 지키는 일은 개가 최고이지요. 특히 밤에 목소리 큰 개를 키우는 집 근처엔 좀도둑이나 산짐승들이 좀처럼 다가설 엄두를 못 냅니다. 그리고 개는 어느 동물도 따르지 못하는 애교와 재롱으로 주인을 위로합니다. 나무하는

산이나 일하는 논밭까지 따라와 고단한 주인 앞에서 재롱을 피우면 세상에 사람 아닌 것 중에서 이만한 생명이 또 어디에 있을까 싶습니다. 헤어지고 나서 주인 눈에 눈물 맺히게 하는 동물은 딱 둘, 소와 개뿐입니다.

돼지는 무엇보다 빨리 체중을 늘려가는 것이 중요합니다. 부엌에서 나오는 음식 찌꺼기와 방앗간에서 퍼 오는 등겨만으로는 꺼칠한 돼지의 잔등을 통실하게 만들 수는 없습니다. 그래서 한여름 같은 때에는 가끔 돼지의 별식을 마련하는 집도 있지요. 길고 회양회양*한 복숭아나무 가지나 싸리나무, 아니면 가는 대나무로 회초리를 만들어 둑방 너머 풀숲으로 개구리를 잡으러 갑니다. 개구리는 아주 겁이 많고 눈치가 빨라 좀처럼 사람 손에 잡히지를 않지만, 이 회초리를 들고 가면 묵직한 참개구리 대여섯 마리쯤은 손쉽게 잡을 수가 있습니다. 인기척을 느낀 개구리가 울음을 딱 멈추고 물속으로 풍덩 뛰어들려고 하는 딱 그만큼의 거리까지 다가가서는 벼락같이 회초리를 휘두릅니다. 개구리 한 마리에 회초리질은 단 한 번씩만 허락되는데, 개구리를 잡을 확률은 반반 정도입니다. 회초리질에 실패하면 그 근처 개구리들이 일제히 물속으로 뛰어들어가 버리니 또 한참 동안 개구리를 찾아 뱀이 나올지도 모르는 풀숲을 두리번거려야 합니다. 회초리에 등짝을 맞은 개구리는 네 다리를 쭉 펴며

---

* 회양회양하다: 부드럽고 하늘하늘 탄력이 있는 모양

기절을 하고 맙니다.

이렇게 다래끼에 다 큰 참개구리 대여섯 마리쯤을 잡아오면 집에서는 마당가에 헌 솥이나 큰 깡통 같은 것을 걸고 물을 부어 푹 고아냅니다. 뽀얗고 기름기 둥둥 떠다니는 그 국물을 돼지죽 줄 때마다 한 바가지씩 섞어 주면, 돼지는 고개 한 번 안 들고 죽통 밑바닥까지 아예 싹싹 핥아 먹습니다. 이렇게 한 철을 보내다 보면 돼지의 뒷다리는 몰라보게 살이 올라 있지요. 25관 언저리까지 체중이 불어나면 돼지를 파는데, 소 값 정도는 아니지만 제법 수월찮은 목돈이 생깁니다.

그래도 돼지는 사람들에게 큰 인기가 없습니다. 돼지우리 주변은 늘 파리가 끓고 냄새마저 구리기 때문이지요. 자세히 쳐다보면 돼지도 참 기특하고 예쁜 구석이 많은 동물인데 말입니다. 돼지가 없다면 그 우중충한 부엌 구정물을 날마다 어디에 버릴 겁니까? 또 돼지의 눈은 얼마나 예쁜지 모릅니다. 긴 속눈썹으로 덮여 있는 그 반짝이는 눈을 가만히 들여다보면 가슴이 울렁일 정도입니다.

이것들만 있는 게 아닙니다. 동네를 둘러보면 다른 동물들도 심심찮게 보입니다. 들끓는 쥐가 미워 고양이를 키우기도 하고, 풀이 지천이라 토끼를 키우기도 하고, 강이 가까우니 오리를 키우기도 하고, 목줄을 길게 해서 풀밭 말뚝에 묶어 놓으면 그만이니 흑염소를 키우기도 하고, 보리를 베다가 안고 온 고라니 새끼를 키우기도 하고, 뒷산 바위틈에서 꺼내 온 참매 새끼를 돌보느라 부지런을 떠는 아이들도 있고…:

어떤 집에서는 염소는 염손데 털빛이 하얀 염소 한 마리를 구해 와서 기르기도 했습니다. 그런데 그걸 두고 우리 조무래기들 사이엔 큰 논쟁이 벌어졌습니다. 저게 바로 양이란 거다, 아니다 털빛만 그렇지 똑같은 염소다, 젖을 짜 먹는다는데 어떻게 염소냐, 그러면 양과 염소는 같은 동물이냐 다른 동물이냐…. 우리 동네 방앗간 집에서는 거위도 키웠는데, 그놈은 덩치 작은 조무래기들을 보면 목을 빼고 꽥꽥 울면서 쫓아와 옷을 꺽꺽 물어뜯는 바람에 매번 우리를 떨게 하였습니다.

이렇게 사람과 동물이, 동물과 동물이 모양과 습성은 달라도 모두 다 한 울타리 안에서 티격태격 알뜰살뜰 함께 살아갑니다. 머릿수로 치자면 스물도 서른도 넘습니다.

2 장

즐거운 여름날

1. 뒷산이 다 닳도록

한여름 점심때가 조금 지나면 열두서너 살 우리 동네 아이들은 대개 소를 몰고 뒷산으로 오릅니다. 산과 들에는 시퍼런 소 꼴이 지천이니 힘 안 들이고 소먹이기 딱 좋은 계절이 찾아온 것입니다. 호박잎도 지쳐 축축 늘어지는 오후 한두 시쯤, 서너 발 나일론 고삐를 소 두 뿔에 걸어 칭칭 사려주면 소들은 어디 하나 거치적거릴 데 없는 자유로운 몸이 되어 온 산을 돌아다니며 양껏 풀을 뜯어 먹습니다. 늘 떼를 지어 다니는 소들은 사람의 손길을 그리 필요로 하지 않습니다.

그 시간 아이들은 나무 그늘로 숨어들어 흙이 손톱 밑에 새까맣게 들어가도록 '밤돌놀이'를 하든지, 방아깨비나 개미나 풀쐐기를 붙잡아 놀려 먹든지, 남의 집 복숭아 자두나무에서 슬쩍 따 온 시퍼런 풋것들을 깨물어 먹으며 놀지요. 놀다가 힐끗 마을을 내려다보면 인적 끊긴 고샅길은 흡사 불에 달아오른 무쇠솥 안처럼 이글거리고, 매미만 불에 덴 듯이 지글지글 지이지이 자지러지게 울고 있습니다.

이럴 때라도 황소는 산에 오르지 못하고, 주인집 근처 감나무밭

그늘이나 강가 미루나무 밑에 혼자 누워 심심하게 놀고 있기 십상입니다. 왜냐하면 황소를 암소 무리에 섞어두면 이래저래 성가신 일이 한두 가지가 아니거든요. 풀을 뜯을 생각은 않고 늘 암소 꽁무니만 힐끗거리지요, 급기야 이 암소 저 암소 등에 올라타서 소 대열을 흩트려 놓지요, 더 심하면 말리는 사람한테도 함부로 뿔을 들이대지요….

어떤 아이들은 자기 집에는 소가 없으면서도 친구들 따라 그냥 산에 오르기도 합니다. 비가 억수같이 퍼붓는 날이 아니고서는 이렇게 여름 두어 달 동안은 사람과 소가 한데 엉겨 뒷산이 다 닳도록 오르내려야 합니다.

> 겨울에는 나무하러
> 오르락내리락
>
> 여름에는 소 먹이러
> 복닥복닥
>
> 우리 동네 뒷산 산길
> 언제나 반질반질

2. 오홍 영감

　우리 동네 뒷산 넘어 초현마을에는 허리 꼬부라지고 턱 끝에 염소수염을 달고 다니는 오홍 영감이 살았습니다. 오홍 영감, 이건 우리 동네 아이들의 작명 실력인데 마른기침을 달고 다니는 영감이 기침을 할 때면 늘 오홍오홍 하는 소리를 내는 바람에 이름이 그리 돼 버렸습니다. 해마다 여름이면 오홍 영감은 자기 동네 뒷산 맨 꼭대기 밭에다 수박을 심었습니다. 그 수박밭은 밭을 갈아엎는 그날까지 우리 동네 소먹이는 아이들의 표적에서 벗어날 날이 없었습니다. 오홍 영감의 수박밭은 초현마을에서야 산꼭대기 저만치에 올라붙어 있겠지만, 이미 소 먹이러 산에 오른 우리들로서는 그리 먼 곳이 아니었습니다. 그리고 마음만 먹었다 하면 대낮이긴 하지만 그 밭에서 수박 한두 덩이 정도 따오는 것도 그리 어려운 일이 아니었고요. 야트막한 산을 타고 넘어 빽빽한 억새밭을 조금만 헤치고 내려가면 원두막과 저만치 떨어진 수박밭 한 귀퉁이가 나오는데, 오홍 영감은 귀까지 먹었으면서도 목침을 베고 늘 낮잠을 즐기곤 했으니까요.

　한번은 오홍 영감이 오홍 영감 할매와 함께 아침나절부터 그 먼 길을 걸어 돌아 직접 우리 마을로 찾아왔습니다. 빈손으로 온 것이 아니라 오홍 영감 할매는 세숫대야에 뭔가를 담아 보자기로 꼭 싸맨 것을 마치 무슨 보물처럼 머리에 이고서 말입니다. 저게 뭘까? 저 할배, 할매가 왜 저 먼 길을 타박타박 걸어서 몸소 우리 동네를 찾았을까? 무슨 일일까? 동네 전방집 앞 평상 위에서 여러 어른들을 증인으로 불러 모아 놓고 그 보자기를 풀면서 오홍 영감은 천천히, 그러나 또박또박 말했습니다. 이기 우리 수박밭 옆에 던지고 간 수박 껍데긴기라요. 보소, 이 수박 껍데기에 나 있는 이 자죽하고 이 동네 아아들 이 생긴 거하고 대보면 수박 따 문 아아를 금방 알 수 안 있겠능교? 이 동네 소 믹이러 댕기는 아아들 전부 불러 모아 주소. 내 수박밭 다 물릴 끼라요. 너무나 과학적인 물증 앞에서 둘러서서 사태 추이를 지켜보던 우리들은 그만 다리가 후들후들 떨렸습니다.

어른들이 나서서 보리를 몇 되 걸고, 영감 내외를 전방으로 모시고 들어가 탁주와 아이스케키를 대접하고, 당장 눈에 보이는 아이들 몇은 그 자리에서 혼이 나고, 다시는 그쪽 산 너머로 얼씬도 않겠다고 약속도 하고, 그렇게 해서 사태는 겨우 진정되었습니다.

그러나 오홍 영감 내외가 돌아가고 나자 어른들은 더 이상 우리를 혼내지는 않았습니다. 그저 빙그레 웃으며 부드럽게 나무랄 뿐이었지요. 야 이늠들아, 따 묵을라 카마 티를 안 내고 따묵어야제. 거다가 던지 놓고 오는 늠들이 어데 있노, 엉?

3. 정심이 누나 떠난 자리

여름에 소 먹이러 다니는 패거리 중에 정심이 누나는 유독 나이가 많았습니다. 다들 열 몇 살씩이었지만 정심이 누나는 스물하고도 또 몇 살을 더 먹었으니까요. 동네 다른 누나들은 학교를 마치고 나이가 좀 차면 마산에 있는 한일합섬이나 부산에 있는 신발 공장 같은 데로 많이들 떠나갔지만, 아버지 일찍 돌아가시고 홀로 남은 누나 어머니 뒤실 아지매 때문에 고향 집에 눌러앉은 누나는 일손도 빠르고 얼굴도 고와서 다들 좋아했습니다.

누나는 항상 산에 오르는 것이 아니었습니다. 어떨 땐 뒤실 아지매가 우리한테 부탁을 해오기도 하지요. 야들아, 우리 집에 사람이 없다. 너그 소 믹이면서 우리 소도 한 번썩만 좀 봐 도고, 응? 그러면 우리는 정심이 누나네 소만큼은 두말 않고 우리들 소 떼 속에 끼워주곤 했습니다.

누나는 산에 와도 늘 바쁜 일이 많은 것 같았습니다. 너그 먼저 올라가 있거래이, 어데 좀 갔다 오꾸마, 하고는 바람 같이 사라져 한참 만에 돌아오기도 하고, 또 어떨 땐 눈가에 눈물 자국이 남은 듯

한 파리한 얼굴로 나타나기도 하고, 또 어떨 땐 산그늘 내린 범바위 위에 혼자 앉아 긴 머리를 너울너울 바람결에 씻으며 흥흥흥 콧노래를 부르기도 했습니다.

산까치야 산까치야 어디로 날아가니
네가 울면 우리 님이 오신다는데
너마저 울다 저 산 너머 날아가면은
우리 님은 언제 오나 너라도 내 곁에 있어다오.

나는 정심이 누나 곁을 그림자처럼 따라다니는 뭔지 모를 그 쓸쓸함, 초조함, 혹은 조금 애틋해 보이는 기운이 마치 우리들이 무심해서 그런 것처럼 자주자주 미안하고 안타깝고 그랬습니다.

그러기를 한 두어 해, 어느 늦은 가을날 동네에 소문이 퍼졌습니다. 누나가 좀 이른 나이로 시집을 간다고요. 신랑은 우리 동네에서 그리 멀지 않은 이웃 동네에 살고 있는, 누나와 국민학교를 같이 다닌 청년이라고 했습니다. 사귄 지가 꽤 된다고 했습니다. 동네 잔칫날, 족두리를 쓰고 눈을 다소곳이 내리깐 누나 눈가에는 또 눈물 자국이 번졌습니다. 나는 우리와 놀든 안 놀든, 우리와 같이 올라오든 어디 좀 다녀오든, 어쨌든 누나가 동네에 계속 남아서 내가 한 번씩 먼발치에서라도 바라볼 수 있었으면 싶었습니다만, 누가 봐도 누나는 뒷산에 소 먹이러 갈 나이는 지나 있었습니다. 사모관대를 쓴 신랑이 새색시를 보며 자꾸 싱글벙글 웃어대자 우리 동네 형들은 입을 삐죽거렸습니다. 저 자슥 저거, 밉네 밉어. 처음부터 우리 동네에 얼쩡거릴 때 알아봤어야 하는 긴데….

나보다 나이가 한참이나 위인 누나였지만, 한동안 그 누나 없어진 산속이 내 눈에는 무척 넓게만 보였습니다. 정심이 누나 앉아 있던 그 범바위 뒤로는 흰 구름만 자꾸 뭉게뭉게 피어오를 뿐이었습니다.

4. 우리 집 밤 마당

  뉘엿뉘엿 땅거미가 내려 소들의 배가 한껏 팽팽하게 부풀어 오를 때, 마을을 내려다보면 이 집 저 집 굴뚝에서는 굼실굼실 연기가 피어오릅니다. 마당가에 걸려 있는 솥 안에는 어린 호박잎이 들어간 밀수제비가 끓고 있겠지, 생각만 해도 와락 배가 고파 옵니다.

  소들이 좁은 산길을 한 줄로 서서 두두두 먼지를 일으키며 달려 내려가면 아이들은 할 일이 별로 없습니다. 그저 엄마소를 잠시 놓쳐버려 움메움메 울고 있는 어린 송아지 엉덩이만 한 번씩 슬쩍슬쩍 때려주면 그만이지요. 소들은 참 길눈이 밝습니다. 어린 주인이 뿔에 사려 둔 고삐를 풀어 직접 이끌지 않더라도 고샅길에 접어든 소들은 각각 제 집 대문 앞에 다다르면 어김없이 쩔렁쩔렁 워낭 소리도 명랑하게 마당으로 쑥 들어갑니다. 그럴 땐 어김없이 집에 있던 어른 중 소를 제일 먼저 본 사람이 달려 나오며 외칩니다. 아이고, 우리 소 왔구나! 그리고는 머리도 쓰다듬어 주고, 사리 친 고삐도 풀어주고, 북통처럼 부풀어 오른 배도 어루만져 줍니다.
  이어서 '다라이'에 등겨 푼 물을 한가득 떠다 주면 한나절 풀만 뜯어 먹어 물이 엄청 켜이던 소는 쭉~쭉~ 소리를 내며 그 물을 기어

이 다 들이마시고 맙니다. 잔뜩 부푼 배를 안고 소는 마당 가 감나무 밑에 눕고, 물것 많은 여름밤은 축축하게 깊어만 갑니다.

한밤중 오줌이 마려워 부스스 일어나 보면 그때까지도 소는 꼬리로 슬렁슬렁 모기를 쫓으며 눈을 반쯤 감은 채 씹고, 삼키고, 게우기를 반복하면서 밤을 새고 있습니다. 소가 누워 있고, 은하수가 흐르고, 온갖 벌레들 찌르륵대는 푸르스름한 여름밤, 이럴 때 우리 집 밤 마당은 참 낯설고도 아름답습니다.

5. 대낮에 별 보기

예닐곱 살 먹어 학교 갈 나이가 되면 소를 몰고 뒷산으로 형님 누나들 따라나섭니다. 여름에는 소만 잘 돌봐도 한 사람 몫은 충분히 해내는 격이니까요. 소먹이꾼 대열에 신참이 들어오면 신고식부터 치러야 합니다. 그게 바로 대낮에 별 구경하기지요.

장난기 많은 한 아이가 까만 씨앗 따글따글 여물어 가는 잔디 씨 줄기 하나를 뽑아 손안에 숨기고, 신참에게 진지하게 그럽니다.

"진철아, 니 대낮에 하늘에 떠 있는 별 봤나?"

"아니, 못 봤는데."

"내가 비 주까?"

"…"

신참이 긴가민가 싶어 눈을 동그랗게 뜨고 고개를 갸웃대면, 옆에 있던 다른 아이들이 냉큼 바람을 잡아줍니다.

"인마 진철아, 니 머 했노? 아직 낮에 하늘에 뜬 별 못 보고… 우리는 버얼써 다 봤는데, 그 별 요 산에 소 맥이러 오는 사람만 볼 수 있다이!"

"정말?"

"짜슥, 우리가 니한테 맥지로* 거짓말하겠나?"

"그럼 나도 비 도고."

"근데, 별 볼라 카마 니가 우리 시키는 대로 해야 한다이."

"그래, 알았다."

바로 그때, 잔디 씨 줄기를 뽑아 들고 있던 아이가 나서며 신참에게 다시 아주 정색을 하고 말합니다.

"니 눈부터 감아 바라. 눈 감고 요것 앞니 사이에 딱 물고 하늘로 고개 쳐들고 있으마 밤에 비던 별이 지금 그대로 다 빈다. 절대 눈 뜨면 안 된다이, 알았제?"

까만 씨앗 다닥다닥 달려 있는 잔디 씨 줄기를 거꾸로 세워, 즉 씨앗 달린 부분이 입안으로 가도록 만든 다음 줄기를 윗니 아랫니 사이에 끼워 꽉 깨물게 하고서는 다시 신참에게 일러줍니다.

"내가 하나, 둘, 셋 하면 눈을 떠라이, 하늘에 별이 엄청 많이 뜬다. 자, 하나, 둘, 셋!"

셋과 동시에 입 밖으로 뾰조록하게 나와 있는 잔디 씨 줄기 밑동을 확 잡아당겨 버리면 짜르륵 하는 소리와 함께 그 많은 씨앗들이 입안 가득 흩어지고 말지요. 그때야 신참은 형들에게 속은 줄을 알고 눈을 부라립니다.

"에이씨, 이기 머꼬? 퉤, 퉤!"

"아하하, 하하하!"

---

* 맥지로: 괜히

"진철아, 아이고 이 빙신아!"

비로소 둘러선 아이들은 배를 잡고 웃습니다. 그 씨앗 다 뱉어 내려면 한참 기침을 하고 구역질을 하고 애를 좀 써야 하지요.

그런데 이 '대낮에 별 보기'는 자주 할 수 있는 장난이 아닙니다. 누구든 우리 동네 사람이라면 일생에 딱 한 번만 속을 뿐이거든요. 어떤 아이는 신참이 신고식을 치렀다는 사실도 모르고 잔디 씨 줄기를 뽑아 들고 함부로 집적대다가 곧잘 역습을 당하기도 합니다.

"행님아, 니가 그거 물고 있어 바라. 내가 달하고 달 속에 있는 토끼하고 다 비 주께."

요렇게 제법 눈치코치가 생겨버린 아이들에겐 또 다른 장난이 기다리고 있습니다.

"얀마 진철아, 그건 그렇고, 니 저 우에 뒷산 한 번 봐라. 큰일 났네!"

"거, 머 있는데?"

"저 범바우 옆에 묏등 하나 비제? 그 옆에 큰 소나무 하나도 비나?"

"응, 소나무 빈다."

"그 소나무 밑에 바라. 지금 소가 한 마리 이까리*가 풀리 가지고

---

* 이까리: 고삐

저리로 넘어가고 있네. 빨리 뛰 가 바라, 저거 너그 소 아이가? 저
카다가 이까리 홀치면 큰일 난다이!"

"소? 없는데?"

"인마 이거, 니 눈이 있나 없나? 다시 자세히 바라. 너그 소 맞네,
저거."

"없, 는, 데?"

"다시 바라. 소가 넘어가고 있는 거 맞다."

"…"

어린 동생이 한참 동안 눈을 비비고 고개를 갸웃대고 있으면, 그
때야 옆에 있던 머리 좀 굵은 아이가 힌트를 줍니다.

"아이고 진철아 인마, 그러이 니가 지금 이 행님 거짓말에 '속아 넘
어가고 있다' 아이가, 이 바보 쪼다야!"

"…"

"이 자슥 이거, 아직 무슨 소린지 모리고 있다. 거러이 맨날 거짓
말에 속히고만 살지."

"뭐? 에이 씨, 난 또 머라꼬!"

동네 철부지들은 이렇게 어려운 '과제'를 풀고 짓궂은 장난에 시달
리면서 점점 노련한 소 목동으로 커 갑니다.

우리 민족의 원조 반려동물 소 이야기

6. 호호 호까랑

소는 풀이 밥입니다. 나뭇잎이나 곡식이나 열매를 아주 안 먹는 것은 아니지만 산과 들에 저절로 시퍼렇게 우거지는 풀을 제일 좋아하지요. 소가 못 먹는 풀은 거의 없습니다. 우리가 잘못 만지면 손가락 써걱 베이고 마는 억새도 어적어적 아주 맛있게 씹어 먹지요. 혹 소 입에서 피가 나나 싶어 살펴보면 언제라도 멀쩡합니다.

그렇다고 해서 못 먹는 풀이 아주 없는 것은 아닙니다. 소 떼들이 지나가고 난 풀밭을 가만히 살펴보면 보라색 꽃이 피는 키 큰 엉겅퀴만은 우뚝하게 혼자 남아 있지요. 잎이 억세고 가시까지 있어 소도 피하는 풀이 엉겅퀴입니다.

또 소가 안 먹는, 아니 못 먹는 풀 중에 그령이라고 있습니다. 그령은 아무 데나 나는 풀이 아닙니다. 우북한 풀밭에서는 좀처럼 볼수가 없지요. 주로 들길이나 강둑 같은 데 사람들이 자주 다니는 길바닥에 많이 자랍니다. 우리 동네 앞마을과 강변 사이에는 긴 둑이 거대한 토성처럼 가로 놓여 있는데 거기에 가면 그령이 너불너불 자라고 있습니다. 이놈 그령은 강둑에서도 또 아무 데서나 자라지 않고, 꼭 할매들 정수리에 나 있는 가르마 같은 좁다란 둑길 그 양쪽 가장자리에 우부룩하게 자라고 있지요. 산으로 소 먹이러 가지 못하는 일손 귀한 집에서는 여름에도 강둑에 소를 몰아다 놓지만 이 고래 심줄처럼 질긴 풀 그령만큼은 소도 어찌하지 못해 그대로 남아 있습니다. 가끔 소가 그령에 입을 댈 때도 있는데, 어찌 되나 싶어 살펴보면 늘 빠지직빠지직 하는 소리가 납니다. 소 이빨도 잘 끊어내지 못한다는 얘기지요.

여름 한 철만은 저녁을 먹었다 하면 조무래기들은 고샅길 여기저기에 내다 놓은 평상에서 뒹굽니다. 어른들 얘기도 듣고, 밤하늘의 별도 보고, 군것질도 좀 하면서요. 그런데 날이 좀 어둑해지면 꼭 동네 누나들이 삼삼오오 짝을 지어 비누와 수건을 챙겨 넣은 세숫대야를 하나씩 옆구리에 끼고 우리들 앞을 재잘재잘 지나갑니다. 열여덟 열아홉 나이가 꽉 찬 그 누나들은 날이 아무리 더워도 낮 시간에는 강가에 나가 멱을 감지 않습니다. 집에서도 찬 수건으로 남의 눈을 피해 가슴팍이나 목덜미 같은 데를 슬쩍슬쩍 한 번씩 닦아줄 뿐이지요. 그러다가 저녁 설거지 끝나고 사방이 좀 어둑해지면 한 데 모여 강가로 나갑니다. 긴 머리 치렁치렁한 누나들이 평상 앞을 지나가면 어른들은 늘 비슷한 말로 주의를 주곤 합니다.

"세상에, 저 말만 한 것들이, 어둡기 전에 퍼뜩 댕기오너라이!"

"보래이, 꼭 저래 몰리 댕긴데이, 마 물 받아서 집에서 해도 될 낀데…:"

누나들은 어른들 소리를 귓등으로 들으며 강둑길을 넘어, 버석버석 강변 자갈밭을 지나, 강가 물 있는 데로 사라집니다.

어쩌다 한 번씩 우리는 누나들 돌아올 시간에 맞춰 강둑길로 장난 마중을 나가지요. 우선 길바닥에 자라고 있는 그령을 찾아내 이웃한 포기끼리 그 질긴 잎을 서로 단단히 묶어 줍니다. 풀로 올무를 놓는 거지요. 올무 주변에는 덜 굳은 소똥 같은 것도 떠다 놓습니다. 그러고는 점점이 날아다니는 호까랑*을 한 사람 앞에 두 마리씩 잡아 비닐봉지 안에 조심조심 가두어 놓고, 강변 물가 쪽을 잘 살펴보며 잠시 놉니다. 마침내 밤 강물에 더워진 몸을 충분히 식힌 누나들이 두런두런 돌아오는 소리가 들리면, 우리는 얼른 우거진 옥수수밭으로 뛰어들어가 날개를 떼버린 호까랑을 두 눈썹 위에다 붙이고서는 대열이 더 가까워지기를 기다립니다. 마침내 누나들이 우리 앞을 지나서 저만큼 풀 올무 있는 데로 다가가면 우리는 가만히 하나, 둘, 셋을 외치며 일시에 누나들 등 뒤에서 벌떡 일어섭니다. 이히히, 혹은 어흥 하는 괴상한 소리들을 지르면서요. 그러면 누나들은 엄마야 하는 소리와 함께 앞 다투어 강둑길을 우르르 달려가지요. 저만큼 달려가다가 뒤를 한번 돌아보고 나서는 더욱 놀라서 허둥지둥 댑니다. 그리곤 곧이어 후닥닥 쓰러지는 소리, 앙칼진 비명도 들려옵니다.

---

* 호까랑: 반딧불이. 개똥벌레.

"아이코, 내 비누…."

"엄마야, 물컹한 이기 머꼬?"

"머스마들 내 너그 누군지 다 안다이! 너그는 내일 너그 아부지한
테 맞아 뒤질 끼다!"

누나들이 사라질 때까지 우리는 손으로 입을 막고 옥수수밭 더
깊은 이랑 속으로 숨어버립니다. 한참을 더 놀다가 아주 다른 길을
택해 시치미를 뚝 떼며 마을로 들어서지요. 두 편으로 나누어 한 소
절씩 번갈아가며 합창하는, 우리 동네 아이들만 아는 여름 노래를
부르면서요.

호호 호까랑
달깐* 밑에 호까랑

얼매얼매 날았노
열두 마리 날았다

어데어데 붙었노
눈썹 위에 붙었다

머가머가 보이노

---

* 달깐: 다리 간, 다리 부근, 다리 껄

범 눈깔이 보인다

호호 호까랑
닭간 밑에 호까랑

소가 우리를 위해 남겨 준 풀 그령 때문에 우리들의 여름밤이 가끔은 즐겁습니다. 그러나 이 장난은 한 해에 한두 번으로 그쳐야지, 너무 자주 치면 곤란하다는 것을 우리는 잘 압니다. 한번은 삽을 들고 누나들 뒤를 곧장 따라가서 길바닥에 제법 깊은 함정을 팠다가, 누나 하나가 발목을 접질리는 바람에 큰 소동이 벌어지기도 했으니까요.

7. "소 다리에 콩 열렸다아!"

소는 워낙 덩치가 크고 힘이 월등한지라 그 앞에서 깝죽대며 시비를 거는 동물은 좀처럼 없습니다. 또 그래 봤자 소는 아예 상대를 안 해 줍니다. 사람이나 닭이나 고양이한테 함부로 이빨을 들이대는 성질 못된 개도 소한테만은 그러지 못합니다. 그래서 여름날 해거름, 산에서 소를 잃어버려도 다른 동물에게 해코지당하면 어쩌나 하는 걱정은 아예 하지 않아도 됩니다.

그렇다고 해서 소를 괴롭히는 동물이 아예 없는 것은 아닙니다. 특히 한여름에 소 주변을 자세히 살펴보면 아주 성가신 것들이 득실대지요.

먼저 모기입니다. 여름밤 소 마구를 들여다보면 모기가 아주 바글바글합니다. 그래서 더러 마구 앞에 모깃불을 피워 준다든지 마구 안에 모기향을 갖다놓기도 하지만, 더 이상 우리 사람들이 어떻게 해 볼 도리가 없습니다. 그래도 소는 휘두르는 꼬리 하나만으로도 모기의 공격쯤은 무던하게 이겨냅니다.

쇠파리란 놈은 모기보다 더욱 극성을 떱니다. 이놈은 휘두르는 소 꼬리를 피해 피도 빨고 알도 낳으면서 끈질기게 소의 등이나 배 같은 데에 붙어 지냅니다. 보기가 너무 딱한 주인이 소 곁에 붙어 서서 파리채로 수십 마리쯤 잡아도 보지만 인해전술로 덤벼드는 쇠파리를 당해낼 재간이 없습니다. 특히 이놈의 유충 즉 구더기는 소의 피부밑을 파고 들어가니 아무리 말 못하는 소지만 그 얼마나 답답하고 가렵겠습니까? 소가 혀로 자기 몸의 여기저기를 자꾸 쓱쓱 핥아대는 것도 다 이 때문이지요. 쇠로 만든 소 등긁개나 거친 왕거시리*로 자주자주 소등과 배를 긁어주고 쓸어주는 것 말고는 딱히 우리 사람들이 어떻게 더 도와줄 방법이 없습니다.

그리고 소리 소문 없이 조용히 소를 괴롭히는 놈도 있습니다. 바로 '가분다리'라는 놈입니다. 책에서는 '소 진드기'라고 부르는 모양인데, 우리 동네에서는 그런 이름이 없습니다. '가분다리'라고 해야 비로소 으응 그거 하며, 다들 고개를 끄덕이지요. 확실히 조사해 본 결과는 아니지만, 우리 동네 사람들은 다들 이 '가분다리'가 입만 있고 똥구멍이 없다고 믿고 있습니다. 그래서 그런지, 처음에는 꼬물꼬물 아주 작은 벌레였다가 소 몸에 옮겨 붙는 순간부터 피를 빨아먹으면서 순식간에 몸집을 키워 나갑니다. 아주 큰 놈은 굵은 검은 콩알만 하지요. 가끔은 여름방학을 맞아 시골 외갓집으로 놀

* 왕거시리: 거친 대나무나 싸리로 만든 마당 빗자루

러온 도시 아이들이 소 뒷다리에 붙은 '가분다리'를 보고 신기한 나머지 이런 비명을 지르기도 합니다. 와, 여기 와 봐라, 소 다리에 콩 열렸다아!

이 '가분다리'는 소의 꼬리로 내쫓을 수 있는 게 아닙니다. 꼭꼭 사람이 며칠에 한 번씩은 소의 몸을 구석구석 잘 살펴서 잡아내 주어야 합니다. 그냥 놓아두면 자꾸 소가 애비*게 되겠지요. 이 '가분다리'라는 놈은 생각보다 영리합니다. 절대 소의 등이나 다리 쪽에 붙지를 않고 꼭꼭 털이 듬성하고 살갗이 연한, 그리고 사람들 눈에 잘 띄지를 않는 소의 뒷다리 안쪽 허벅지나 소의 귓속 같은 데만 숨어 지냅니다. '가분다리'는 붙잡혔다 하면 열에 열 사람의 발에 밟혀 죽습니다. 그러면 툭 하는 소리와 함께 검붉은 피가 터져 나오지요. '가분다리'가 설치는 계절은 소가 산으로 들로 나다니는 한여름 두어 달 동안입니다.

어쩌다 강가 풀밭에 소를 풀어 놓으면 지나가던 백로가 소 등에 홀쩍 올라탈 때도 있습니다. 그러나 소는 오히려 흐뭇하게 풀을 뜯기만 하는데, 그게 다 이런 쇠파리나 '가분다리'를 잡아먹어 주기 때문이지요.

---

* 애비다: 야위다. 살이 빠지다.

이런 놈들 말고도 가끔은 생쥐나 닭이 소 마구를 기웃대며 등겨를 훔쳐 먹기도 하지만, 소는 아예 그런 것들하고는 실랑이를 벌이지 않습니다. 눈앞에서 구시통 속을 들락날락해도 가만히 내버려두지요. 오죽하면 '소 닭 쳐다보듯 한다'란 말이 생겼겠습니까? 소는 참 순하고 편안한 동물입니다.

8. 가산 아재

　해마다 음력 정월 열나흘 날 저녁이면 마을 대표 한두 사람 목욕재계하고 올라가서 촛불 켜 놓고 비는, 우리 동네 뒷산 큰 바위 틈서리 당산 할매집, 그 당산 할매집 바로 아래에 사는 용구 저그 아버지 가산 아재. 그 아재는 좀처럼 마을 전방에 나와 술을 마시거나 화투를 치며 껄껄껄 노는 법이 없습니다. 말수 적고 목소리 나지막하고 몸매까지 가볍고 호리호리해서, 동네에 있는 둥 마는 둥 한 그런 어른입니다. 안방 벽장 안에 무엇인가를 고이고이 모셔두고 아침저녁으로 치성을 드리는 아재를 두고 흔히 우리 동네 사람들은 '신기가 있다'고 그러지요.

　아주 가끔은 여름날 소 먹이러 산에 올랐다가 소를 잃어버리는 집이 생깁니다. 어린아이 혼자서는 해 떨어진 산속을 마냥 헤매다닐 수도 없는 노릇이라 눈물 찔끔거리며 집으로 내려오면, 그 집 식구들 만사 제쳐놓고 우르르 다시 산으로 올라가서 소를 부르고 다니지요. 목에 워낭이 달렸거나 주인 목소리 알아듣고 움메~ 한 번만 울어주기라도 한다면 일이 쉽게 풀리지만 꼭 그렇지만도 않습니다.

　온 식구 달라붙어 어두운 산속을 아무리 헤매다녀도 소의 행적

우리 민족의 원조 반려동물 소 이야기

이 묘연할 때는 할 수 없이 담배 몇 갑 사 들고 가산 아재한테 달려 갑니다. 가산 양반요, 아무리 찾아도 우리 소가 안 빕니더. 우짜겠능교, 우리 소 우예 됐는지 한번만 알아봐 주이소. 그러면 가산 아재는 싫은 낯빛 전혀 없이 가만가만 새 옷 갈아입고 새삼 세수하고, 안방 벽장문을 열어젖힙니다. 그리고 그 앞에 서서 한참을 뭐라고뭐라고 빌고 빌다가는 두 손 모아 합장한 채 조용히 마당으로 나섭니다. 다시 마당에서 하늘을 우러러 입 달싹달싹 조금 더 빌면, 두 손은 가늘게 떨리기 시작하고, 하늘을 향해 곧추서 있던 손끝도 스르르 수평으로 내려와 어딘가를 가리키기 시작합니다. 주문까지 외면서 조금 더 정신을 모으면 이제는 가산 아재 몸까지도 덜덜덜 떨립니다. 그리고 손끝이 가리키는 쪽으로 몸이 조금 쏠리기까지 합니다. 마침내 아재의 입이 열릴 때가 다 된 것이지요. 걱정 마이소. 그 집 소는 멀리 안 갔심더. 지금 어떤 할매가 잘 데리고 있네예.

어둔 밤길이지만 그 집 식구들 몇몇 이웃들 희미한 불 하나 밝혀 들고 아재 손끝 가리키는 산비알 쪽으로 우르르 달려가서 잠시 찾아보면 정말 소는 그 근처 어디쯤에 있습니다. 어떤 집안 먼 윗대 할머니 무덤터 봉분 옆에 오도카니 누워 되새김질을 하고 있습니다.

가산 아재는 생전 지게 지고 산에 나무하러 가거나 쟁기질하러 논에 들어가는 법이 없건만, 동네 사람 누구도 그 아재를 두고 게으르다고 흉을 보지 않습니다.

9. 진짜 어른

남자들이 술 마시고 낮잠 자기 좋아하는 집에 장마라도 닥치면 고생하는 것은 그 집 여자들과 소입니다. 장마졌는데 소가 웬 고생이냐고요? 싱싱한 생풀을 하루도 쉬지 않고 뜯어 날라야 하는데 이게 생각보다 수월한 일이 아닙니다. 어떤 집에서는 누렇게 뜬 볏짚을 두어 단 소 앞에 홀쩍 던져주고 말지만, 자꾸 그리하면 짚은 짚대로 헤퍼지고 소는 소대로 몰골이 꾀죄죄해집니다.

이럴 때 부지런한 가장들은 비 잠시 그친 틈을 타서 소 꼴을 베어다 나릅니다. 남자아이들이 풀을 한 자루 뜯어와 봐야 소 한 마리가 하루 먹으면 그만이지만, 어른들이 지게 위에 바지게* 얹어서 작심하고 한번 풀을 베어 오면 그 양은 엄청납니다.

진짜 부지런한 어른들은 시퍼런 새벽에 일어나 낫 갈아들고 지게 지고 자기 집 논둑으로 갑니다. 가서는 논둑을 우북하게 덮고 있는 풀들을 말끔히 베는 것이지요. 이걸 일러 '두름 빈다'고 합니다. 같

---

* 바지게: 싸리로 촘촘하고 둥그렇게 엮어서 지게 위에 올리는 농기구. 주로 형태가 잘 잡히지 않거나 자잘한 물건들을 져 나를 때 쓴다. 바소쿠리.

은 논 같은 모라도 논두렁을 잘 깎아 놓으면 더욱 반듯해 보이고 더욱 싱싱해 보입니다. '두름 비고' 나면 그 좁다란 땅이 아까워서 거기다 한 줄로 죽 콩을 심는 집도 있습니다. 그 콩을 일러 '논두렁 콩'이라고 합니다.

논두렁에 자라는 풀은 아주 부드러워서 소가 좋아하기 때문에 소복소복 가지런히 잘 모아 바지게에 싣습니다. 바지게에 실을 때도 그냥 훌쩍훌쩍 던져 올리면 안 됩니다. 풀짐을 꾸리는 것도 다 기술이지요. 풀 무더기의 풀잎 부분이 너풀너풀 바지게 바깥쪽으로 향하면 풀짐은 곧 무너지고 맙니다. 풀 무더기의 풀뿌리 쪽이 바지게의 바깥으로 향하도록 차곡차곡 쌓아올리면 짐이 바지게 안쪽으로 쏠려 한 바지게 그득하게 지고 올 수 있습니다. 둥그렇게 한 짐 지고 고샅길로 접어들면 기우뚱기우뚱 무슨 작은 언덕이 하나 움직이는 것 같습니다.

어른들이 낫질을 할 때 옆에서 보면 묘기가 따로 없습니다. 풀은 한쪽으로 가지런히 쓰러지는데 정작 날이 시퍼렇게 선 그 위험한 연장 낫은 보이지를 않습니다. 사람 손에 잡혀 있는 낫은 이미 오래전부터 사람 신체의 일부분이었던 것처럼 그렇게 능숙하고 편안하고 재빠를 수가 없습니다.

한번은 친구 집 마당에서 우리들 또래 몇몇이 어울려 땅따먹기 놀이를 하며 놀고 있는데, 친구 아버지가 풀을 한 짐 지고 마당으로 쑥 들어와서 그 풀을 여물간 근처 그늘진 흙바닥에다 와르르 쏟아 부었지요. 거기까지는 별다른 일이랄 것도 없는데,

"엄마야, 저기 머꼬!"

"먼데, 먼데?

잠시 뒤 우리는 일제히 비명을 지르며 자리를 박차고 일어나야 했습니다. 친구 아버지가 지고 와서 쏟아놓은 그 풀더미 속에서 알록달록한 뱀이 한 마리 스르륵 나와서는 우리들 쪽으로 막 기어오고 있는 게 아니겠습니까! 너무나 날렵한 낫질 솜씨로 바지게에다 풀을 걷어 올리는 바람에 풀숲에서 잠자던 뱀도 미처 피할 틈이 없었던 게지요.

정말 힘 좋고 부지런한 어른은 지게 지고 소까지 몰고 갑니다. 일하는 동안 소를 논 근처 풀밭에 풀어 풀을 실컷 뜯어 먹게 만든 후, 다시 풀짐을 지고 소를 앞세우고 그렇게 동네에 들어서지요. 그러니까 일석이조가 아니라 일석삼조인 셈입니다. 두름 비고, 소 먹이고, 소 꼴까지 생기고….

이슬이 고무신 안에 고여 걸을 때마다 버거럭버거럭 하는 소리를 내며 풀짐을 지고 마을로 들어서면 인사 겸 칭찬 겸 해서 다들 입을 댑니다.

"하이구, 부지런도 하데이. 식전*에 벌써 그리 댕기오는가베?"

"잠시 가서 한 짐 해 옵니더."

"퍼뜩 가서 밥 묵어라, 고생했다."

"야."

이런 소리 들릴 때 삽짝 사이로 살며시 내다보면, 바짓가랑이 둥둥 걷어 올려 툭툭 불거진 종아리 힘줄을 다 드러낸 어른 한 분이 지게 지고 소까지 앞세워 걸어가고 있습니다. 어른 중에서도 진짜 어른 한 분이 걸어가고 있습니다.

---

* 식전: 밥 먹기 전. 주로 일어나서 아침 먹기 전까지의 시간을 가리킴.

10. 소침쟁이

우리 동네 코흘리개 한규, 한규 아버지 임순보 씨, 임순보 씨 별호는 두 가지입니다. 임순보 씨 면전에서는 '소 의원', 없는 데서는 '소침쟁이'. 늘 침통 옆구리에 차고 다니다 동네 철부지들 너무 오래 앙앙대면 침통 흔들며, 이 노옴, 버릇 엄시 어데 이카노? 봉알 까뿐데이, 봉알! 짐짓 눈 부라리면 울음 뚝 안 그치는 아이 별로 없습니다.

그러나 정작 그 침에 찔리는 것들은 우리 동네에서 십 리 안쪽 마을에 사는 소들뿐입니다. 먹은 건 없는데 소 배가 너무 팽팽해도, 주르륵주르륵 설사만 해대도, 새끼를 낳을 날이 한참 지나도, 심지어 황소가 고삐를 끊고 한나절 날뛸 때도, 보소 여게 소침쟁이 집이 어덴교? 모두 임순보 씨를 찾아 헐레벌떡 달려옵니다.

어떨 땐 소 목덜미에 굵은 침 쿡쿡 놓으면 검붉은 피 주르륵 타고 내리고, 어떨 땐 직접 조제한 약을 사이다병에 담아 왼손으로는 소 코꾼지를 잡고 오른손으로는 소 입 깊숙이 사이다병을 밀어 넣어, 쿨쿨쿨 소에게 그 약 다 먹입니다. 아무리 사나운 소도 임순보 씨 앞에선 참 순해져 말을 잘 듣습니다. 이늠의 자슥 어데가 그래

아푸더노, 하이고 이거 와 이카노, 가만히 있거래이, 다 묵어라 카이, 그래그래, 임순보 씨와 소는 서로 알아듣는 말이 한 서른 마디는 넘습니다. 그래서 인근 소들 다 무탈하고 새끼 잘 낳았는데, 임순보 씨는 당장 그 자리에서 돈을 받는 법이 없습니다. 일 년에 한 번씩 여름이나 가을에 보리 두어 말씩, 혹은 나락 한 말씩을 수곡이라 부르며 받을 뿐이지요. 소가 아파도 안 아파도, 소가 한 번 아파도 열 번 아파도 수곡 두어 말이면 임순보 씨 자전거는 어디든 달려갑니다.

아무리 소 의원 임순보 씨가 우리 곁에 버티고 있어도 인근 동네 수백 마리 소가 다 무럭무럭 잘 클 수만은 없습니다. 좀 심하게 앓기도 하고, 심지어는 황망하게 눈을 감는 소들도 가끔은 생깁니다.

요 인근 동네 어떤 사람은 소를 몰고 편안하게 자기 동네 앞 철도 건널목을 막 건너다가, 소 뒷발 하나가 철도 레일과 침목 사이에 나 있는 그 좁다란 틈새에 쏙 빠져 결국은 눈 번히 뜨고 소를 잃어버린 적도 있었습니다. 다급한 나머지 소 주인이 윗옷을 벗어들고 흔들어 대면서 열차가 달려올 방향을 향해 한참을 내달렸지만 역부족이었습니다. 열차는 자동차처럼 그렇게 재까닥 설 수 있는 것도, 또 핸들이 있어서 어찌해볼 수 있는 것도 아니거든요.

인근 동네 어떤 소 한 마리는 주인과 함께 밭을 잘 갈고 있다가 느

닷없이 입에 거품을 좀 흘리면서 비실거리다가 결국 푹 주저앉고 말 았는데, 그렇게 한 며칠 시름시름하다가 결국 눈을 감고 말았습니다. 면사무소도 아니고 저 읍내 군청 공무원들과 지서 순경들이 함께 와서 죽은 소를 찬찬히 살피더니 진단을 내렸습니다. 그리고 뒤처리도 그들이 다 했습니다. '이 소는 발톱이 두 개인 짐승들만 걸리는 중병에 걸렸으니 얼른 땅에 묻어야 한다, 고기는 절대 사람이 먹어선 안 된다, 소를 묻은 구덩이에 우리가 석유도 뿌릴 텐데 기름 냄새 때문에라도 먹을 수 없다, 그래도 죽은 소에 손을 댔다가는 큰 벌금이 나온다.'

동네 전방에서 술을 마셔도 화투를 쳐도 그 목소리 제일 멀리까지 울려 퍼지던 임순보 씨, 우리 동네에서 농사를 안 지어도 유일하게 마당에 보리 나락 뒤주 앉혀 놓고 살던 임순보 씨, 돼지를 잡든 초상을 치르든 궂은일에는 도통 몸을 사릴 줄 모르던 임순보 씨, 그런 임순보 씨도 환갑을 조금 넘기자 먼저 떠나간 소들을 보살피러 먼 길을 따라가고 말았습니다. 저승길 가는 길이 뭘 타고 가는 길이라면 임순보 씨는 보나 마나 소를 타고 갔겠지요. 먼저 간 소들이 마중 나와 서로 임순보 씨 제 등에 태우려고 씩씩거리며 다퉜을지도 모릅니다.

11. 소태나무

어쩌다 소가 입맛을 잃어버릴 때가 있습니다. 이러면 식구 중 누가 앓아누워있는 것과 하나 다를 바 없이 주인의 속은 타들어갑니다. 먼저, 구시통을 깨끗이 씻어서 거기다 새 소죽을 떠다 줘 봅니다. 소들은 자기 밥그릇 안에다 발을 집어넣어 소죽을 더럽혀 놓는 수가 왕왕 있으니까요. 그래도 안 되면 밀보리 같은 알곡을 소죽에 좀 넣어줘 보기도 하고, 등겨를 듬뿍 뿌려주기도 합니다. 아니면 어디 묵혀 놓은 논밭 같은 데로 가서 부드럽고 신선한 새 풀을 한 바지게 베어다가 소 앞에 대령하기도 합니다.

그런데도 소가 죽을 많이 남기기를 거듭하면 이제는 톱을 들고 뒷산 산비탈로 올라갑니다. 올라가서 조금만 두리번거리면 가늘고 똑바로 뻗어 올라가는 가지 끝에 발그레한 새잎이 돋아나는 나무 하나를 쉽사리 발견할 수가 있습니다. 바로 소태나무입니다. 소태나무인지 아닌지 좀 애매하면 잎을 하나 따서 입에 넣어보면 금방 알 수 있습니다. 퉤퉤, 바로 뱉어내지 않고는 못 배길 정도로 맛이 쓰면 백발백중 소태나무가 맞습니다. 이 나무 제법 굵은 줄기 하나를 톱으로 베어 와 한 뼘 남짓한 길이로 토막토막 자릅니다. 다시 이것들을 하나하나 손도끼를 이용해 세로로 쪼갭니다. 쪼개 놓고 보면 나무속은 깨끗하고 노랗게 빛나는데, 이번에는 이것들을 새끼 같은 것으로 다발 지어 묶어 소죽 끓일 때 소죽솥 안에 넣습니다. 이렇게 끓여낸 소죽을 어떻게어떻게 좀 먹이면 소의 식욕은 몰라보게 돌아옵니다. 이것이 바로 우리 동네에 대대로 전해 내려오는 입맛 잃은 소 민간 처방법입니다.

아시는 분도 계시겠지만, 세간에는 소의 원기회복에 관한 믿거나 말거나 식의 속설이 하나 전해져 오고 있습니다. 바로 낙지지요. 기력을 잃은 소에게는 갯벌에서 잡아 올린 산 낙지가 특효라는 말이 심심찮게 회자되고 있습니다. 앓아누운 소에게 산 낙지를 한 마리만 먹이면 그 자리에서 바로 벌떡 일어선다고들 할 정도니까요.

그러나 이건 사람들이, 특히 개나 개구리나 뱀 따위를 '보양식'이라고 굳게 믿고 있는 그런 부류의 사람들이 지어낸 이야기일 가능성이 큽니다. 생각해 보세요, 누가 뭐래도 소는 완전한 채식동물이 아닙니까? 비린내가 조금만 나도 소죽 먹기를 꺼리는데 어떻게 낙지를 좋아할까요? 사람이 억지로 먹이면 먹기야 먹겠지만, 그게 또 기력 회복에 뭔 도움이 될까 싶습니다. 설사 소의 체력 회복에 도움이 된다 해도 이것은 세상 섭리를 거스르는 짓임이 분명합니다. 살아있는 곰의 쓸개즙을 빼먹거나 코뿔소의 코를 잘라가거나 산자락에 그물을 쳐 놓고 오르내리는 뱀들을 싹쓸이해 가는 사람이 도처에 널려 있는 것처럼, 아주 급박하거나 요긴한 일에 쓰일 것도 아니면서 제 한 몸 보하거나 치장하려고 심심풀이로 다른 생명을 해치는 짓거리에 '처방'이라는 말은 당치도 않습니다. 그건 그저 '탐욕'과 '살상'일 뿐이지요.

비록 쓴맛이기는 하지만, 아니 그렇게 누구도 못 따라올 쓴맛을 지녔기에 더더욱 소태나무가 우리 사람들에게 요긴해질 때도 있습니다. 바로 엄마 젖을 너무 오래 빠는 갓난쟁이들 젖 뗄 때입니다. 소태나무 잎을 비벼 나오는 즙을 젖꼭지에 발라놓으면 아무리 엄마 젖통에 오래 매달려 지내던 응석받이도 이내 도리질을 치며 고개를 돌립니다. "아잉, 엄마 찌찌가 이상하당, 너무 씹다*! 다른 찌찌 내놔랑, 으아앙!" 이렇게 엄마 가슴팍을 두드리며 징징대도 어른들은 빙긋이 웃으며 시치미를 떼고 맙니다. 산에 다녀올 틈이 없을 때는 '아까징기**'를 발라 겁을 주기도 하지만 아무래도 소태나무보다는 못하지요.

또 소태나무가 도와주지 않으면 말문이 턱턱 막혀버릴 때도 적지 않을 것입니다. 뭘 먹다가도 맛이 좀 쓰거나 짜면 바로 소태나무에다 빗대야 하니까요. 이른 봄 어린 머위 잎을 데쳐 된장에 무쳐 먹

---

* 씹다: 맛이 쓰다.
** 아까징기: 외상에 바르는 소독약. 머큐로크롬의 일본식 이름. 산성에서는 황색으로 염기성에서는 적색으로 변한다.

을 때도 그렇습니다. "사람 입맛은 머구* 잎을 묵어야 돌고, 소 입맛은 소태를 믹이야 돌제. 그라고 보면 씹은 기 보약이라." 감기 몸살을 앓아 허기진 사람이 밥상 앞에 앉아 보지만 영 입맛이 없을 때는 숟가락을 내던지며 그럽니다. "아이고 와 이런노, 밥맛이 아직 소태네." 한약을 달여 마실 때도 쓴맛이 돌면 그럽니다. "캬, 소태맛이 따로 없네." 꼭 쓴맛만은 아닙니다. 김치나 장아찌 같은 반찬이 심하게 짤 때도 소태를 들어 타박을 합니다. "이기 반찬이가, 소태가?"

소태나무는 이름부터가 흥미롭습니다. '소태'란 어미 소가 새끼를 낳을 때 딸려 나오는 '소의 태반'을 가리키는데, 그 맛이 아주 쓰다고 합니다. 마침 소태나무도 쓴맛을 지녔기에 그만 이름이 '소의 태반만큼이나 쓴맛을 내는 나무', 즉 소태나무가 돼버렸다고 하네요.

이런 식의 이야기는 늘 우리들에게 궁금증을 불러일으키곤 합니다. 정말 소의 태반이 쓴맛일까? 쓰다면 왜 그 부위만 그럴까? 송아지를 낳은 암소는 초식동물의 오랜 습성에 따라 대개 태반을 도로 먹어버리기 십상인데 누가 그걸 맛보았을까? 혹 소의 태반이 지독히 쓴맛을 지녔다 해도 그것이 소태나무의 이름과 직접 관련이 있는 걸까?

---

* 머구: 머위

그러나 터무니없는 말장난은 아닌 것 같습니다. 아주 곤궁하던 시절에는 마을에 산모라도 생기면 소의 태반을 구해다 핏물을 잘 씻어낸 다음 미역국에 썰어 넣어 소고기 대용으로 썼다고도 하니, 그 맛을 모르고 이런 이야기를 지어냈을 리는 없지 않겠습니까? 식물도감 같은 데서도 대부분 '소태나무는 소의 태반처럼 쓴맛을 지녀 그 이름을…' 이렇게 기록해 놓았습니다.

이렇든 저렇든 소태나무는 소를 먹이는 사람들에게는 참 고마운 나무입니다. 뒷산에 무성한 소태나무 덕분에 곧바로 임순보 씨를 찾아가지 않고도 다들 한시름 놓을 수가 있거든요.

12. 소 눈

　누워서 눈을 끔벅이며 되새김질을 하고 있는 소 앞에 쭈그려 앉아 그 눈을 오래오래 들여다보신 적이 있습니까? 아니라면 당신은 아직도 이 세상을 살아가면서 해내야 할 중요한 숙제 하나를 끝내지 못한 사람입니다.

　잠시만 시간을 내어 소 눈을 한 번 들여다보세요. 그 눈이 얼마나 큰지, 얼마나 맑은지, 또 얼마나 고요한지 말입니다. 나는 아직 이 세상에서 소 눈보다 더 큰 눈을 가진 동물, 그러면서도 소 눈보다 더 맑고 평온한 눈빛을 가진 동물이 무엇인지 알지를 못합니다.

　흔히 사람들은 그러지요. 사람 중에서 아주 게으른 사람이 죽어서 소가 된다고요. 뼈가 휘어지도록 한 평생 일을 해서 그 게을렀던 죄 다 갚아야 한다고요. 그러나 나는 소 눈을 들여다보다가 그게 아닐지도 모른다는 다소 엉뚱한 상상을 하게 되었습니다.

　소는 본래 하늘나라 옥황상제 곁에서 시중을 들던 천녀였습니다. 옥황상제 곁에 있다 보니 천상천하 온갖 세상 소식들을 다 듣게 되었지요. 이 하늘 아래 사바세상 농사꾼들이 찢어지도록 가난하게 산다는 것을, 이 세상에서 제일 중한 것을 만들어 내면서도 누구보다 천대받고 누구보다 배곯아가며 살아간다는 것을 훤히 다 알게 되었지요. 너무 가슴이 아파 오래오래 울먹이던 천녀는 마침내 결심을 하게 되었습니다.

"안 되겠다, 아무도 그들을 보살펴 주지 않으니, 누구도 그들의 말을 들어주지 않으니, 이 한 몸이라도 달려가서 한 평생 힘닿는 대로 도와주고 와야겠구나. 그러려면 어떻게 해야 할까?"

천녀는 마침내 한 꾀를 내었습니다. 옥황상제 드실 찻잔을 들고 용상 앞으로 나아가다가 짐짓 미끄러져 옥황상제의 용포에다 찻물을 쏟고 말았습니다. 아직 하늘나라 천녀 중에는 누구도 그런 실수를 한 적이 없는데 말입니다. 격노한 옥황상제께서 그 자리에서 당장 벌을 내렸지요.

"에잇, 이 경망스러운 천녀를 저 아래 인간세상의 축생으로 쫓아 버려라."

"예, 분부대로 거행하겠습니다."

천녀는 다시 하늘나라 옥리를 찾아가서 애걸복걸했지요.

"제발 저를 닭이나 개처럼 늘 놀고먹는 짐승이 아니라, 죽도록 일만 하는 소로 보내 주소서. 저의 간절한 부탁입니다, 나으리."

"그런 부탁이라면, 뭐…"

이렇게 해서 저 힘세고, 부지런하고, 과묵한 소란 동물이 우리 곁에 나타나게 되었습니다.

다시 꼬치꼬치 이치를 따져보면 소가 꼭 이런 연유를 안고 이 세상에 동물로 출현한 것은 아닐 테지만, 그래도 한가한 여름날 어디 강 언덕 같은 곳에 누워 고요히 되새김질을 하고 있는 소의 눈을 한번쯤은 들여다보시길 권합니다. 흘러가는 흰 구름, 키 큰 미루나무, 들여다보는 사람 얼굴까지도 다 비춰주는 둥그런 유리알 같은 그 큰 눈앞에 잠시잠깐만 앉아보시길 권합니다. 그러면 저절로 알게 될 겁니다. 그렇게 온 몸이 묶여 부림을 당해도 원망이나 적의란 털끝만큼도 없고, 아무리 야박하게 대하고 아무리 험한 말을 퍼부어도 묵묵히 받아 삼키는 그런 눈빛, 그런 마음, 그런 인욕행 하나만큼은 이미 이 세상 인간들의 것이 아니라는 사실을요.

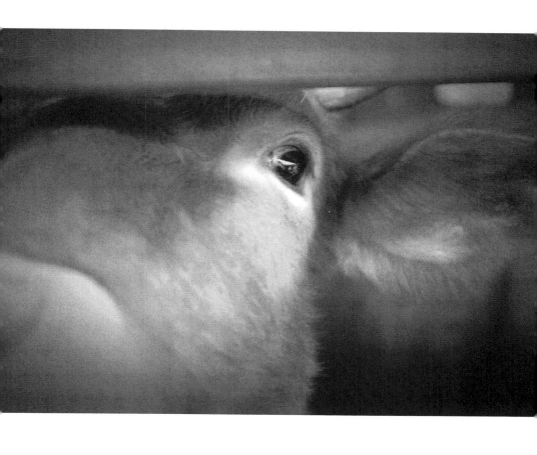

13. 노새야 노새야

집집마다 다들 으뜸가는 짐승은 소라고 여기며 살았지만, 간혹 그렇지 않은 집도 있긴 있었습니다. 우리 동네 옆 동네 여수동에는 딱 한 집이 소 대신 말, 아니 정확히 말하자면 말이 아니라 노새를 키웠습니다. 그 집은 농사는 조금 짓고, 어디서 부탁이 들어오면 노새가 끄는 마차를 앞세워 물건을 옮겨 주는 일을 주로 했으니, 굳이 말하자면 주업은 운수업이요 부업은 농사였다고 하면 되겠지요.

온몸의 털 빛깔이 잿불 속에서 꺼낼 때를 살짝 넘겨버린 군고구마 속살같이 까무스름한 여수동 그 노새는 간간이 한 번씩 마차를 끌고 우리 동네 골목길을 다각다각 지나갑니다.

"아이고, 오랜만이네예. 고생이 많심더."

"예, 밀양 읍내까지 퍼뜩 한 바리 하는 중입니더."

이렇게 노새 주인은 우리 동네 어른과 눈인사를 나누고 골목길을 홀쩍 지나쳐버릴 때도 있지만, 또 가끔씩은 목이 마른지 전방 앞 전봇대에다 고삐를 매고 잠시 쉴 때도 있지요. 그러면 우리는 살금살금 다가가서 노새의 생김새를 요모조모 관찰합니다. 다북하고 가지런한 갈기털이며, 좀 겁을 먹은 듯 경계를 하는 그 크고 검은 눈이며, 이 없는 할머니들처럼 뭘 씹어 먹을 때마다 오물오물 하는 입이며, 발을 옮겨놓을 때마다 따각, 따각 소리를 내는 발굽이며, 길바닥에 싸 놓은 자주감자 덩이를 닮은 동글동글한 똥이며, 자세히 쳐다보면 노새는 참 신기하고 귀여운 동물입니다. 어떨 땐 과한 욕심이란 걸 알지만, 우리도 요런 노새 한 마리 키웠으면 하는 생각이 슬며시 들기도 하지요.

그러나 노새는 좀처럼 우리들에게 곁을 내주지 않습니다. 소는 누구라도 다가가서 머리를 슬슬 쓰다듬어 주면 커다란 눈을 끔벅이며 순순한 태도를 보이지만 노새는 그게 아닙니다. 낯선 사람이 조금만 자기 가까이로 다가온다 싶으면 대번에 푸르륵 콧김을 내뿜으며 머리를 내젓거나 심하면 뒷발질을 해대지요. 안 그래도 노새는 우리들 코에 익숙하지 않은 노린내 같은 것을 늘 풍기고 다니는 바람에 성질이 아주 순한 노새가 있다 해도 소처럼 그렇게 다루기가 내키지 않는 일이긴 합니다만….

그래도 우리는 여름날 노새를 만나면 늘 그 꼬리에서 어떻게 해서라도 말총 한 올만큼은 뽑아내 보려고 호시탐탐 기회를 엿보곤 합니다. 어쩌다 까맣고 질긴 천연 실 말총 한 가닥이 생기면 우리는 그걸로 높은 감나무 가지에 붙어 앉아 지이지이 징징 울어대는 매미를 낚아챌 수 있습니다. 긴 대나무 장대 끝에 동그랗게 오므린 말총 올무를 걸어 매미 머리 앞쪽에다 슬며시 갖다 대면 날아가려던 매미는 퍼드덕 십중팔구 거기에 걸려들고 말지요. 노새 꼬리에서 말총 한 올을 뽑아내려면 무척이나 손이 빠르고 대담해야 합니다. 자기 꼬리에 누가 손을 댄다 싶으면 노새는 어김없이 뒷발질을 해대니 잘못하면 말총이 뭡니까, 노새 발에 채여 엉덩방아를 찧기 일쑤지요.

가끔은 노새가 끄는 마차가, 잘 쪼개 말린 장작을 한가득 네모반듯하게 싣고 저문 동네 안길을 바삐 지나갈 때도 있습니다. 그럴 땐 우리는 마차 뒤로 몰래 다가가서 마치 나뭇잎에 붙은 청개구리처럼 마차 짐칸 고무 밧줄에 대롱대롱 매달려 호시*를 탑니다. 그러면 싱거운 어떤 친구는 노새 옆에서 잰걸음을 치는 노새 주인이 들으라고 큰 소리로 외치지요.

"아저씨예, 구루마** 뒤에 매랭이*** 한 마리 붙었심더!"

"뭐라? 이 노무 짜슥들 이거!"

마차 뒤쪽을 살펴보고 난 주인이 다시 노새 옆으로 돌아가기가 무섭게 또 누군가 대롱대롱 매달립니다.

"아저씨예, 떨어졌던 매랭이가 다시 붙었는데예!"

"어허이, 이 노무 짜슥들이, 자꾸 이 칼래? 짐이 얼마나 무거운 줄도 모르고…"

---

*   호시타다: 흔들리거나 움직이는 것에 올라타서 재미를 느끼다.
**   구루마: 소달구지나 마차
*** 매랭이: 매미

그러면 다시 후다닥 떨어져서 남의 집 삽짝 뒤로 얼른 몸을 숨기지요. 그렇게 몇 번이나 호시를 타다가 문득 정신을 차려보면 마차는 벌써 동네 골목길을 한참이나 벗어나 있습니다. 다각다각, 저 멀리 빈지소 어둔 벼랑길로 사라져 가는 마차를 물끄러미 바라보다 다시 마을로 돌아오면, 그때까지도 골목길 바람 속엔 노새 냄새가 희미하게 남아 있습니다.

　　　　노새야 노새야
　　　　그믐밤 노새야

　　　　외로워도 무서워도
　　　　히히힝 울지 말고

　　　　별 보고 길을 찾아
　　　　쉬엄쉬엄 가거라

　　　　노새야 노새야
　　　　눈이 큰 노새야

3 장

분주한 가을날

1. 밥이 어데로 들어가는지

농사꾼들이 가장 흐뭇한 순간은 누가 뭐래도 잘 크고 잘 여문 것들을 거둬들이는 순간입니다. 그래서 시월은 일 년 중 가장 바쁘면서도 가장 넉넉한 달입니다. 특히 나락 타작을 할 때는 더 그렇지요.

나락 거두기는 보리와 달리 일손이 참 많이 갑니다. 우선은 나락을 한 포기 한 포기 가지런히 베어 눕혀 한 사나흘 가을볕에 잘 말려야 합니다. 말리는 것도 그냥 말리는 것이 아니라 햇볕에 골고루 마르도록 중간에 한 번 뒤집어 주어야 합니다. 정말 바삭바삭 잘 말랐다 싶으면 이번에는 나락 대여섯 포기씩을 합쳐 일일이 한 묶음으로 만들어야 합니다. 이 일을 일러 '나락 걷는다'고 합니다. 모심기나 나락 걷는 일만큼은 남자들보다 여자들 손이 훨씬 더 재바르고 꼼꼼합니다. 나락 걷을 때 쓰이는 끈은 바로 한 해 전에 농사지은 짚입니다.

나락을 걷었으면 미적대지 말고 바로 타작 날을 잡아야 합니다. 흔히 가을장마라고 부르는 비라도 만나 논바닥에 물이 고일 정도가 돼 버리면 난감하기 그지없습니다. 그해는 쌀이든 짚이든 품질이 형편없어지거든요. 쌀이야 그렇다고 하지만 볏짚이 비를 좀 맞는다고 무어 그리 대수냐 할지도 모르겠지만, 그건 촌살림을 모르는 사람의 소립니다. 비를 맞은 짚은 얼마 못 가 누렇게 떠 버립니다. 그렇게 되면 겨우내 소가 죽을 꺼리게 되니 그것도 여간 큰 걱정거리가 아닐 수 없거든요.

타작 날을 잡은 집은 하루 전부터 부산해집니다. 미리 타작마당도 닦아 놓고, 탈곡기도 옮겨 놓고, 볏단도 전부 탈곡기 근처로 져다 나르고, 미리 장도 보고 술도 좀 받고, 아무튼 종일 종종걸음을 치고 또 쳐도 돌아서면 금세 새 일거리가 눈에 띄고 그렇습니다.

홀태*로도 타작을 하는 사람이 가끔 있긴 하지만 그래도 발로 밟는 탈곡기가 있으면 일이 훨씬 빠릅니다. 동네 아이들은 보통 탈곡기를 '와릉와릉'이라고 부릅니다. 발로 디딤판을 밟으면 굵은 철사를 'U'자 모양으로 구부려 놓은 쇠돌기가 촘촘하게 박혀 있는 원통이 맹렬히 돌아가면서 '와릉와릉' 하는 소리를 내거든요. 와릉와릉을 돌리는 사람은 보통 힘센 남자들입니다. 주로 두 사람이 붙어 서서 함께 디딤판을 밟으면서 한 사람이 볏단을 애벌로 털어 옆 사람에게 넘기면, 넘겨받은 사람은 마지막으로 볏단 속까지 꼼꼼하게 털

---

* 홀태: 벼를 훑는 전통 농기구

어 낸 다음 가벼워진 볏단을 뒤로 휙 집어던지지요. 우르릉우르릉, 촤르륵촤르륵, 나락 타작마당은 먼지 자욱하고, 시끄럽고, 그러면서도 마음이 그득하고 그렇습니다.

타작마당에서는 일손이 있으면 있는 대로 다 필요합니다. 미처 못 옮겨온 볏단이 있으면 마저 날라와야지요, 탈곡기 옆에 붙어 서서 일하는 사람의 손이 놀지 않도록 새 볏단을 얼른얼른 앗아주어야지요,* 훑어낸 볏단을 뒤로 휙휙 집어던지면 그걸 재빨리 받아내 한곳에다 옮겨 쌓아야지요, 멀리 튀어 달아나는 낟알은 빗자루로 쓸어 모아야지요, 중참도 차려내야지요….

모심기나 타작은 본래 그렇습니다. 놉**이나 기계가 미리 예약이 돼 있는 터라 한번 시작했다 하면 좀처럼 중간에 그만두지를 못합니다. 그래서 논마지기나 있는 집은 흔히 껌껌한 밤까지 타작 일을 하기 일쑤입니다. 어떤 집은 회미한 전등불이나 남포등을 밝혀 놓고 탈곡기를 돌리기도 하지요. 이런 날은 한참이나 늦어버린 저녁들을 먹으면서 중얼거립니다.

"어허이 이거, 밥이 코에 들어가는지 입에 들어가는지 모르겠네!"
"그래도 인자는 한 걱정 덜었다 아인교?"
"와, 아이라…."

---

* 앗아주다: 일꾼 옆에서 시시때때로 물건이나 연장을 집어주며 거드는 일
** 놉: 품삯을 주고 쓰는 일꾼

이 세상에서 쌀보다 더 귀한 물건은 없습니다. 밥이 되고 떡이 되고 술이 되는 쌀, 결국 우리들의 살이 되고 피가 되는 쌀, 마침내 온 세상 사람들의 삶이 되고 역사가 되는 쌀, 그 백옥 같은 쌀을 떠올리다 보면 시월 나락 타작 마장은 힘들 때보다 흥거울 때가 더 많습니다. 어떨 땐 일이 아니라 축제 같은 느낌이 들 때도 있습니다.

2. 짚

우리 동네 사람들은 보리와 밀은 그대로 보리, 밀이라고 부르지만 유독 '벼'만큼은 그렇지가 않습니다. 어찌 보면 우리 동네에서는 벼란 말이 아예 없다고 보아도 무방합니다. 우리 동네 아재 할배들은 하도 면사무소에서 통일벼를 심어라, 통일벼가 소출이 낫다고 졸라대니까 그럴 때만 잠시 벼라고 부를 뿐, 대개는 '나락'이란 말로 대신합니다.

나락이란 말은 참 쓰임새가 두루뭉술합니다. 살아있는 벼 포기를 통째로 부를 때도 나락이지만 타작 끝난 알곡식 벼도 나락입니다. 벼 포기 나락도 아주 어릴 때는 또 '모'라고 하지요. 그래서 '씻나락'을 담가 '못' 자리를 하고, '모'를 쪄서 '모춤'을 하고, '못' 줄을 대어 '모내기'를 합니다. 모내기를 하고도 한 두어 달 동안은 계속 '모'입니다. 그래서 부지런한 사람 집 논배미를 지나가다가는 곧잘 이렇게 칭찬들을 하지요.

"아따, 이 집 모 참 장하네."

팔월 접어들고 모가 많이 커서 막 이삭이 패기 시작하면 그때부터는 이름이 '나락'으로 바뀝니다. 그래서 늦은 태풍이 불어 닥쳐 논이 엉망이 되면 모를 세우러 가는 게 아니라 나락을 세우러 갑니다. 그 뒤로도 계속 '나락'으로 불리다가 타작을 끝내면 비로소 이름이 나뉩니다. 벼 포기에서 떨어져 나온 낟알은 계속 '나락'으로 남고, 와룽와룽한테 시달려 홀홀 몸이 가벼워진 빈 벼 포기는 '짚'으로 불립니다. 사람 먹을 것 소 먹을 것이 딱 이때서야 분간되지요. 가을 걷이가 끝나면 면사무소에서는 '추곡 수매'를 한다, 조금 선심을 써서 '벼 수매'를 한다고 떠들어 대지만, 동네 사람들은 해마다 가을마다 그냥 '나락 매상'을 댈 뿐입니다. 방앗간 기계에 들어가서 '쌀'과 '겨'로 나뉠 때까지 나락은 그대로 나락이지요.

벼는 참 신통방통합니다. 사람이 먹는 부분은 쌀알밖에 없지만, 나머지 부위도 하나 버릴 게 없는 것이 바로 이 벼라는 식물입니다. 방앗간에서 나오는 겨만 해도 그렇지요. 아주 쓸모가 많습니다. 겉 겨는 한겨울 마늘밭으로 가서 어린 마늘을 덮어준다거나, 소 마구에 들어가서 거름 노릇을 한다거나, 부엌 아궁이에서는 훌륭한 땔감으로 변합니다.

그뿐입니까? 한겨울, 동네에 초상이 나거나 잔치라도 열리면 어느 집이라도 마당 가에 큰 독아지*를 하나 내다 놓고 거기에다 탁주를 몇 말 받아 채워야 하는데, 이때 바로 이 겨가 제 몫을 단단히 하지요. 독아지 아랫도리를 겨로 수북이 둘러 묻은 다음 불을 붙여 놓으면 시름시름 타들어가면서 종일 술을 미지근하게 데워줍니다. 겨울에 이걸 하지 않으면 손님들이 이가 시린 술을 마시면서 위채를 향해 자꾸 눈을 흘기게 되니 표 나지 않게 인심을 잃게 됩니다.

양이 좀 적지만 부드러운 속겨는 소나 돼지나 닭이 바로 먹습니다. 소가 그 거칠고 버석거리는 여물을 잘도 먹는 것은 그나마 고소한 이 속겨가 있기 때문인지도 모릅니다. 보릿고개가 모질고도 험준하던 시절에는 사람도 보릿겨 쌀겨로 쪄낸 '겨떡' 즉 '개떡'을 먹었다고 하니까요.

보리는 방앗간 기계에 들어가면 그냥 거칠한 속겨 한 가지만 남기지만, 나락은 그렇지 않습니다. 겉겨는 겉겨대로 속겨는 속겨대로 따로 남기지요. 우리 동네에서는 겉겨 속겨를 따로 구분하지 않고 그냥 두루뭉술하게 '등게'라고 부릅니다.

짚은 더 말할 나위 없습니다. 약방에서는 감초겠지만 농사짓는 집에서는 단연 짚입니다. 짚으로 할 수 있는, 아니 해야만 하는 가장

---

* 독아지: 키가 크고 배가 부른 큰 항아리.

중요한 일은 두 가지입니다. 소 먹이기와 지붕 잇기. 소 먹이기는 새삼 말할 필요가 없을 테고, 지붕 잇기도 그렇습니다. 아예 기와집이거나 아니면 가끔 산동네 사람들처럼 억새 같은 걸로 지붕을 인 경우가 아니라면 가을엔 너나없이 짚으로 이엉과 용마루를 엮어야 합니다. 소가 없어도 곤란하지만, 비가 새는 지붕 밑에서 식구들을 재운다면 그것은 더욱 난감하지 않겠습니까?

이 밖에도 짚으로는 온갖 물건 온갖 연장들을 다 만들어 씁니다. 새끼, 가마니, 덕시기*, 거적, 멱서리, 신, 삼태기, 지게등받이, 물동이 이고 갈 때 머리에 얹는 따뱅이, 닭이 달걀 낳는 둥우리, 소입에 씌우는 찌그리 ….

잠시 잠깐 표 나지 않게 쓰이는 경우도 허다합니다. 흙일을 할 때는 꼭 짚을 썰어 넣어야 굳고 나면 튼튼하고, 구수한 청국장도 짚을 깔고 띄워야 제 맛이 나고, 된장을 담글 때도 짚불로 먼저 독아지 안을 소독해 주어야 하고, 당산목이나 된장 담가 놓은 독아지에도 짚으로 왼새끼를 꼬아 금줄을 둘러야 합니다.

이것 말고도 짚의 쓰임새는 무궁무진합니다. 메주 매달 때도, 정월 대보름날 강가에 나가 용왕 먹일 때도, 마당에 둘러앉아 편하게

---

* 덕시기: 멍석

술 한 잔 할 때도, 입 심심해하는 소에게 딱히 줄 게 없어도, 장날 달걀 꾸러미가 필요해도, 아궁이에 불을 때야 하는데 불살개*가 없어도, 텃밭에 씨를 뿌리고 나서 살짝 해가림을 해 줄 때도, 봄에 고사리나 산나물을 말려서 갈무리할 때도, 쓱싹쓱싹 무쇠솥 씻을 수세미가 필요한 순간에도, 하다못해 어른들이 막 뒷간을 쳐서 일을 볼 때마다 뒷간 물이 풍덩풍덩 튀어 올라도 모두모두 편하게 짚부터 찾습니다.

　그렇습니다. 농사, 특히 나락 농사를 지으면 이렇게 버릴 것이라고는 아무것도 없습니다. 등겨 한 줌 짚 한 올까지도 알뜰하게 쓰입니다. 그러니 '농자천하지대본(農者天下之大本)'은 백 번 천 번 맞는 말입니다.

---

* 　불살개: 불을 피울 때 맨 먼저 불을 붙이는 부드러운 연료.

3. 소 신

신은 사람만 신는 게 아닙니다. 고개를 갸우뚱거리는 분도 계시 겠지만, 소도 가끔 신을 신고 다닙니다. 동물 중에서는 유일하지요. 물론 말발굽 밑에도 신이라고 할 만한 것이 붙어 있긴 하지만 그건 쇠로 돼 있고 이름도 편자입니다만, 소 신은 짚으로 만들고 이름도 당당하게 글자 그대로 '신'입니다. 주인도 소도 다 같이 짚신을 신고 터벅터벅 삐그덕삐그덕 먼 길을 가는 모습을 심심찮게 볼 수가 있습 니다.

동네 안에서 소가 신을 신고 다니는 모습을 보기는 쉽지 않습니 다. 그냥 풀 뜯어 먹으러 다니거나 들에 일하러 가는 소에게 신을 신기지는 않으니까요. 소가 신을 신을 때는 딱 이런 경우입니다.

우선 소달구지를 끌고 먼 길을 나설 때. 특히 길바닥이 울퉁불퉁 하고 돌이 많다면 꼭 소 신을 신겨야 합니다. 다음에는 등에 짐매 얹어 짐을 옮길 때. 이때도 소 신이 없으면 자칫 소 발톱이 상하기 쉽습니다. 소 발톱이 상하면 잘 일어서지를 않고, 일어섰다 해도 움 직이려 들지 않고, 억지로 끌고 가면 다리를 절고 그렇게 되는데, 자칫 주인이 눈치를 채지 못하면 한 해 농사일을 망칠 수도 있습니다.

한 마디로, 무거운 짐을 옮기거나 바닥이 고르지 않은 먼 길을 나설 때는 꼭 소발에다 짚으로 만든 신을 신겨야 합니다. 참고로 소신은 네 발 다가 아니라 앞발 두 개에만 신기지요. 소의 몸무게와 짐 무게가 대부분 앞발에 많이 쏠리거든요.

소에게 신이라, 맨 처음 누구 머리 누구 손에서 나온 것인지 정말 고맙고도 신기한 일입니다. 몇백 년 몇천 년 전 사람인지 어느 고을 사람인지는 모르겠지만, 분명 그는 소의 마음도 읽어 낼 수 있는 참 따뜻한 가슴을 지닌 농부였을 테지요.

4. 골목길 풍경

  마을 한가운데를 죽 가르는 고운 흙바닥 골목길엔 한여름 대낮을 빼고는 늘 아이들의 웃음소리 울음소리로 왁자합니다. 여자아이들은 다람쥐처럼 가벼운 몸으로 고무줄을 넘거나 날렵한 손놀림으로 밤돌을 던져 올립니다. 남자아이들은 담벼락에 머리를 처박고 말타기를 하거나 자치기 구슬치기를 합니다. 그러다가 동네 아이 수십 명이 함께 어울려 도망구도 합니다. 가끔은 티격태격 싸워 와락 울음소리가 들리기도 합니다.

  사람뿐만이 아닙니다. 닭도 개도 맨몸으로 풀려나와 아이들 틈에 끼어 함께 먹고 함께 뒹굽니다. 어떤 영리한 개는 자기 주인집 아이가 다른 아이와 싸우면 왕왕 짖으면서 단단히 밥값을 할 때도 있습니다. 골목 소식이 궁금한 쥐는 어둔 담장 구멍으로 빠끔히 얼굴을 내밀었다가 부리나케 쏙 들어가고, 감나무 높은 가지 위에서는 까치가 느긋하게 앉아 꽁지깃을 까붑어대며 아이들 노는 모습을 내려다봅니다.

  뒷짐을 진 할배 할매들은 지나가면서 노파심에 한 마디 툭 던집니다. 하이고 야들아, 너그 숙제는 해놓고 노는 기가? 이럴 때 대답은 숙제를 해 놓았어도 예, 안 해 놓았어도 예입니다.

그렇게 놀다가 점심때쯤엔 저 강 건너 면소재지에 있는 지서에서 왱~~하고 낮 12시 오포*가 울려야 집으로 가고, 저녁답엔 이 집 저 집 할매 누부야 들이 삽짝 밖에 나서서 손자손녀 동생들의 이름을 애타게 불러야 비로소 엉덩이에 묻은 흙을 털며 일어나는 시늉이라도 합니다.

저녁답 골목길엔 종종 다급하고 우렁찬 어른 목소리가 쩌렁쩌렁 울려 퍼지기도 합니다. 비키 앉거라 비키 앉거라 이 늠들아, 소 지나간다! 들로 산으로 나갔던 소가 막 돌아오는 시간이지요. 어떤 소는 쟁기를 끌다가 고단해진 몸으로, 어떤 소는 실컷 풀을 뜯어먹어 북통 같은 배를 하고서, 어떤 소는 지게를 진 주인을 자기가 데리고서 터벅터벅 돌아옵니다. 아이들 곁을 지나가다 어린 주인을 만나면 반갑다는 듯이 잠시 고개를 돌려 두 눈을 끔벅이기도 합니다. 소가 가까이 다가오면 코에 익은 누런내가 확 끼칩니다. 정신을 차려 보면 벌써 골목길엔 구수한 된장국 냄새도 흘러넘칩니다.

---

* 오포: 낮 12시를 알리는 사이렌 소리.

5. 배내기 먹이고 도지 농사 짓고

혹 '배내기'라는 말 들어보셨는지요? 살림살이는 좀 여유가 있지만 일손이 넉넉잖은 집 소 그 먹성 좋은 암소 데려다가 온 식구 달라붙어 송아지 두 마리 낳을 때까지 키워내면, 어미소와 송아지 한 마리는 돌려주고 나머지 송아지 한 마리 내 몫으로 떨어지는 배내기. 식구가 너무 많아 입 하나라도 줄이자고 스물을 살짝 넘기기만 하면 딸자식들 얼른얼른 시집 보내버리는 사람들은 할 수 없이 배내기라도 먹일 수밖에 없습니다.

어디 배내기만 먹입니까? 자기 땅이라고 해 봐야 집터하고 손수건만 한 텃밭밖에 없는 사람들은 또 도지(賭地) 농사를 지었습니다. 도지 농사의 원리도 배내기 소 먹이기와 크게 바를 바 없습니다. 땅주인과 도지 농사꾼이 미리 약속을 한 뒤 농사를 지으면 얼마를 추수하든지 간에 그 비율만큼 소출을 서로 나누는 방식이지요. 6:4 즉 6을 주고 4만 받으면 아주 인정 넘치는 주인이고, 보통은 반반입니다. 벼 열 가마니를 생산했다 치면 다섯 가마니씩 서로 나눠 갖는 거지요. 아주 옛날 심한 경우에는 3:7, 심지어는 2:8도 있었다고 하니 헐벗은 사람들의 설움이 어떠했을지 눈에 선합니다.

원래 '도(賭)'라는 한자가 그렇습니다. 도박이라는 말에서도 알 수 있듯이 '내기'를 건다는 뜻인데, 어쨌든 소출을 많이 올려야 하니 이 래저래 땅 주인은 손해 볼 일이 없는, 수탈의 성격이 강한 계약 농사 방식입니다. 막노동꾼들이 흔히 쓰는 말 가운데 '돈내기'란 게 있는데, 아마 이 말도 도지 농사와 그 뿌리가 맞닿아 있지 않을까 싶네요.

그래도 배내기 먹여 생긴 송아지 소 마구에 누워 있으면 이게 꿈인가 생신가 싶을 때가 많습니다. 구시월에 도지 농사 지어 나락 몇 가마니 고방에 쌓아 놓으면 안 먹어도 배가 불러오고 그렇습니다. 한 해 양식으로는 턱도 없는 양이지만 그래도 보리 밀이 있고, 고구마와 호박 풋나물 같은 것도 있으니 어찌어찌 버틸 만은 합니다.

그렇게 한평생을 산 우리 동네 아지매들, 며느리 사위 볼 때쯤이면 굳은살 박히고 마디 굵어져 잘 펴지지 않는 손 갈퀴 같은 그 손이 부끄러워 치마 속으로 살짝살짝 숨기기도 합니다. 그렇게 한평생을 산 우리 동네 아재들, 한여름 등목하려고 웃통 벗어던지면 평생 지게 진 양쪽 어깻죽지엔 늙은 소의 멍에 자국 같은 서러운 멍 자국이 시퍼렇게 드러나기도 합니다.

배내기와 도지 농사,
듣기만 해도 참 서러운 말입니다

6. 여수동 늙은 암소

　우리 동네에서 산굽이 하나 돌아들면 여수동, 그 여수동에 사는 목소리 걸걸한 지동 양반, 닷새마다 서는 유천장에 안 다녀오면 몸이 근질근질해서 일 못 하지요. 아침 먹고 해 달아오르면 장작 몇 개비, 아니면 곡식 두어 되, 그도 아니면 닭장에서 닭이라도 한 마리 잡아 소달구지에 싣고서는 어험어험 용모도 반듯하게 장터로 향하지요. 장터 국밥집에서 만나는 열 살 위아래 술꾼들은 모두 다 친구들이지요. 저번 장날에는 왜 안 오셨나 매화 친구 내 술 한 잔 받으시게, 올해 감 농사 밤 농사가 풍년이라니 한 잔 내시게 한재 친구, 어째 이래 허리가 더 굽었는가 조들 친구… 그렇게 종일 장터거리 돌고 돌며 허허허 웃다가, 해 뉘엿해지면 짭조름한 간 갈치 몇 마리 소달구지에 매달고서 관마을 지나 우리 동네로 접어들지요. 그러나 지동 양반, 참새가 방앗간 못 지나치듯 우리 동네 전방 앞을 그냥 못 지나가지요. 소고삐 전방 앞 전봇대에 묶어두고 마지막으로 탁주 두어 잔 더 마시며, 버들잎 외로운 이정표 밑에 말을 매는 나그네야 해가 졌느냐 노래도 한 곡 뽑아 제치고, 식구 없이 달랑 혼자 사는 전방 할매 손도 한번 은근히 잡아보고 그러다가, 해가 옥교봉 너머로 진짜 꼴깍 떨어지면 그때사, 아따 많이 묵고 많이 놀았다,

135

이랴 이늠의 소야 집에 가자 하고 소달구지에 털썩 올라가 *끄덕끄덕* 졸기 시작하지요. 그렇게만 해도 지동 양반 소달구지는 빈지소 그 아슬아슬한 벼랑길을, 아차 하면 바로 황천길로 가는 그 저문 길을 잘도 돌아가지요. 닷새 뒤엔 그 소달구지 어김없이 우리 동네에 다시 나타나지요. 다 엉치뼈 툭 튀어나온 그 늙은 암소 덕분이지요.

7. 다 놓아버려도 소고삐 하나만은

    무릎이 좋지 않아 조금 절뚝거리면서도, 시집와서 육십 년 넘게 산 그 집, 아들딸 칠 남매 다 키워 출가시키고 월곡 아재 눈 감겨 떠나보낸 그 집을 오래도록 지키고 살았던 월곡 아지매는, 여든이 될 때까지는 그런대로 정정해서 집 근처 텃밭 두어 뙈기 정도는 사부작사부작 넉넉히 일구고도 남았는데, 아들딸 고향 집 찾아오면 손수 기른 푸성귀랑 밑반찬 몇 가지는 챙겨 줄 정도였는데, 언제부턴가 치매 끼가 살짝 도져 소소한 사고를 자꾸 일으키는 바람에 그만 밀양 시내에 사는 큰아들이 모셔가게 되었습니다. 큰아들네 아파트로 거처를 옮긴 아지매는 더욱 자주 정신줄을 놓아버려 하루에 밥을 두 번 먹었는지 세 번 먹었는지, 방문 빠끔히 열고 인사하는 사람이 학교 갔다 온 손자인지 농협에서 퇴근한 아들인지, 지금이 음력 구월인지 시월인지도 깜박깜박 잊어먹기 일쑤였습니다. 찔끔찔끔 대소변도 좀 흘리는 바람에 아지매 계시는 아파트 문간방은 늘 어둡고 퀴퀴했습니다.

    어떤 날 아침에는 자고 일어나 보니 아지매가 없어져서 집안이 발칵 뒤집히기도 했습니다. 결국 아지매를 찾긴 찾았는데, 잠옷만 걸친 채 아파트 앞 큰길 건너 어떤 조경회사 울창한 소나무숲 속에서 여기저기 소복소복하게 갈비를 그러모아 놓고 그 옆에 쪼그리고 앉아 있어, 식구들의 가슴을 미어지게 만들었습니다.

　그런 아지매도 가끔은 정말 정신이 말짱한 사람으로 돌아오는 때가 있었으니, 주로 해가 뉘엿뉘엿 지는 저녁답 같은 시간이었습니다. 저녁답 중에서도 여름 저녁답, 먹구름이 어둑어둑 몰려오고 천둥이라도 우르르 쿵쿵 울면 어김없이 월곡 아지매는 내가 언제 그랬냐는 듯이 옷을 주섬주섬 걸치고 아파트 현관문을 밀쳤습니다.
　"오메요, 어데 갈라꼬요?"
　아들이 앞을 가로막으면 아지매는 태연히 그러지요.
　"야야, 빨리 가 보자. 소 비 맞겠다."
　"에헤이, 소가 어데 있능교? 여게는 우리 집 아파튼데…"
　"와 이카노? 봐라 이거, 마구에 소를 몰아넣어야지. 우리 집 소를…"
　방 안에서 내내 누워 지내던 아지매의 눈빛이 이때만큼은 아연 빛나고 손아귀 힘도 예사롭지가 않았습니다. 꼭 그런 날이 아니더라도 아지매는 식구들하고 뭐라고뭐라고 한두 마디 대거리를 하다가는 불쑥 그랬습니다.
　"소 꼴이 없제? 내가 소 꼴을 좀 비로 가야 할 낀데…"
　"하이고 어무이요, 요새 겨울인데 소 꼴이 어데 있능교? 그리고 인자는 우리 집에 소도 없심더. 마, 방에서 테레비나 보이소."

"아이다, 소를 굶기면 되나, 소가 배고플 낀데, 소가…."

"아 예예, 소 꼴은 두 짐이나 비다 놓고, 소죽도 한 통 퍼다 줬심더. 걱정 마이소."

들다 못한 식구들이 짐짓 거짓말을 둘러대야만 비로소 아지매도 한 시름을 놓습니다.

"그래그래, 시들기 전에 소 꼴도 좀 앗아주거래이."

"예, 예."

모든 이야기 모든 인연의 끈 훌훌 놓아버렸지만, 여든일곱 이 세상 하직할 때까지 소 고삐 하나만은 꼭 쥐고 계셨던 월곡 아지매. 그러던 아지매도 지금은 고향 동네 뒷산 월곡 아재 옆에서 다보록한 잔디 이불 덮고 오래오래 누워 있습니다. 해마다 봄마다 정성스러운 손길 하나 잊지 않고 찾아와 그 노란 이불 호청에 호롱불 같은 빨간 할미꽃 몇 송이 수놓아 드리고 갑니다.

8. 워낭

소 이야기를 하면서 빼놓을 수 없는 사랑스러운 물건이 하나 있습니다. 바로 워낭입니다. 설마 워낭이 어떻게 생겼는지 무엇에 쓰이는 물건인지 몰라 자꾸 고개만 갸웃대는 사람은 없겠지요? 그렇더라도 정작 소 목 굴레에 달린 워낭이 짤랑짤랑 우는 소리를 직접 들어본 사람은 그리 많지 않을 것입니다.

워낭은 이름부터가 참 아름답습니다. 누가 맨 처음 그렇게 이름을 붙였는지는 몰라도 이보다 더 쉽고 아름답고, 이보다 더 딱 어울리는 이름은 아마 하늘과 땅 사이에는 없을 것이 분명합니다. 워낭, 워낭 하고 자꾸 되뇌어 보면 어느새 우리들의 눈앞에는 작고 동그란 그 무엇이 떠오르면서 귓가에는 짤랑짤랑하는 맑고 고운 소리까지 들려오기 시작하니까요.

워낭은 그 생김새부터가 바라보는 사람의 눈을 즐겁게 해 줍니다. 소 먹이는 집에 들어서서 잠시만 휘휘 둘러보면 소 때문에 갖추어 놓은 물건들은 정말 생각보다 많습니다. 그리고 그것들을 자세히 다시 한 번 더 들여다보면 모두가 엇비슷하게 닮았다는 것을 알

수 있습니다. 십중팔구 뚝딱뚝딱 집에서 만든 것들이고, 그 재료는 짚 아니면 나무이며, 생김새는 아주 편안하고 투박하다는 점. 그러나 워낭은 그렇지가 않습니다. 소 때문에 생겨난 물건 가운데서 그렇게 앙증맞고, 예쁘고, 신기한 물건은 워낭이 유일합니다.

아무리 그래도 워낭이 진짜 워낭이 되려면 짤랑짤랑 소의 목에 매달려 명랑하게 울어야 합니다. 워낭 소리는 우리 주변에 흩어져 있는 온갖 소리 가운데 그냥 그렇고 그런 하나의 소리가 아니라 어쩌면 우리 민족의 유전자에도 새겨져 있는 그런 소리가 아닐까 싶습니다. 워낭 소리는 언제 들어도 좋습니다. 새벽 워낭 소리는 맑아서 좋고, 저녁 워낭 소리는 반가워서 좋습니다.

마당에서 뭘 하고 있는데 담 너머 골목길에서 짤랑짤랑 워낭 소리가 들려오면 안 나가보고도 누구네 집 소가 지나가고 있는지 대번에 알아맞힐 수 있습니다. 동네 소라고 해서 모두 워낭을 달고 다니는 것도 아닐뿐더러, 어험어험 뒤따라가는 소 주인의 헛기침 소리도 간간이 들려오니까요. 또 소 주인집 식구들도 그렇습니다. 집안 뒤란에서 무슨 일에 한참 골몰해 있다가도 늙은 암소가 집 가까이 다가오면 대번에 알아차립니다. 발걸음이 느린 소보다 소목에 매달린 워낭 그 소리가 먼저 마당으로 들어서니까요.

그렇습니다. 사람들이 소 목에 워낭을 매다는 까닭은 대략 두 가지입니다. 먼저, 소의 위치를 늘 파악할 수가 있기 때문입니다. 여름 날 해거름 산에 몰아 올린 소가 보이지 않을 때, 깊은 밤 설핏 잠이 깨어 이불 속에서도 소 마구에 묶어 놓은 소가 궁금할 때, 논밭에 서 같이 일하다가 주인은 잠시 이랑에 엎드려 또 다른 일을 하고 소 는 그 주변에서 풀을 뜯을 때, 이럴 때 소 주인은 언제나 귀를 쫑긋 세웁니다. 워낭 소리 하나로 소가 지금 어디쯤 있는지 무얼 하는지 알아챌 수 있으니까요. 그리고 소를 잘 지켜내는 데도 도움이 됩니 다. 소가 산속을 헤맬 때나, 깊은 밤중 먼 길을 갈 때나, 외진 산자 락 다락밭 다락논에서 일을 할 때는 혹여 사나운 산짐승이 소에게 해코지를 해 올 수도 있지요. 이럴 때 산짐승들이 싫어하는 쇳소리 는 큰 도움이 됩니다. 아무튼 소에게 워낭이라는 예쁜 목걸이까지 선물해준 까닭은 그만큼 소가 귀한 짐승이라는 증거입니다.

아무리 솜씨가 좋은 사람도 집에서 워낭을 만들어 쓰지는 못합니 다. 어느 대장간 어느 공장에서 만드는지는 몰라도, 돈푼깨나 들여 가며 큰 장터 누군가에게 어렵게 부탁을 해야 겨우 구할 수 있는 귀 한 물건이 바로 이 워낭입니다. 그러니 소 먹이는 사람들은 대개 소 목에 굴레를 채우지 않고 맨 모가지로 그냥 둡니다. 고삐야 코꾼지 만 있으면 묶을 수 있으니 워낭을 매달 게 아니라면 굳이 소목에다 방앗간에서 쓰다 버린 헌 피댓줄을 구해다 어렵사리 굴레를 둘러 주어야 할 필요는 없습니다. 어쩌다 오래 키운 늙은 소를 장에 내다 팔 때도 이 워낭만큼은 항상 잊지 않고 떼어 놓고들 합니다.

그래서 소들 중에는 정식 워낭보다 '깡통 워낭'을 달고 다니는 소가 훨씬 더 많습니다. 먹고 버린 빈 통조림통, 즉 깡통을 주워 와서 그 속에다 공이를 매달아 소 목에 걸어주면 그게 바로 깡통 워낭이지요. 이 깡통 워낭은 소리가 영 시원찮습니다. 떨렁떨렁 덜그덕덜그덕, 소리가 맑지 못할뿐더러 멀리까지 들리지도 않습니다. 그래도 없는 것보다는 훨씬 나은 순간이 많습니다.

철거덩 철거덩
엿장수 아이들 불러 모으는 소리

또그락딱딱 또그락딱딱
앞산 암자 노스님 탁발 다니는 소리

꼬꼬댁꼭꼭 꼬꼬댁꼭꼭
옆집 암탉 알 낳는 소리

짤랑짤랑 짤랑짤랑
재봉이 저그 아부지 암소 몰고 지나가는 소리

이런 소리 저런 소리
안 봐도 뻔한 소리

9. 작두

소 키우는 일이 '위험하다'고 하면 얼른 이해가 되지를 않습니다. 그렇습니다. 소를 키우는 일은 처음부터 끝까지 부지런함과 정성이 다입니다. 소 주인도 그저 소처럼 무던한 심성으로 발품 손품 팔기를 망설이지 않고, 거기다가 소와 자주 살을 비비고 눈까지 맞춰 준다면 소도 그런 주인 마음 알고서 잘 따르고 잘 커나갑니다. 한 두 철만 그리 살다 보면 주인의 목소리, 발소리, 주인의 낯빛까지 소도 번연히 알아차리지요. 설령 주인이 소 다루는 일에 조금 서툴거나 조금 게으름을 피우더라도 소는 웬만하면 참고 주인을 따릅니다. 좀 퍽퍽하고 꺼칠한 먹이를 줘도 군소리 없이 삼켜 되새김질로 다 소화시키고, 좀 꾸짖거나 심지어 때리더라도 묵묵히 참으며 주인을 돕습니다. 소의 뿔이 우뚝해 보여도 거기에 들이받혀 다치는 사람은 수십 년에 한 명 나올까 말까입니다. 가끔 소에게 슬쩍 발뒤꿈치를 밟히는 일이 있긴 하지만서도요.

그런데 딱 하나, 소를 키우면서 정신을 바짝 차려야 하는 순간이 있습니다. 이때마저도 장난을 치거나 정신줄을 놓다가는 자칫 피를 볼 수도 있습니다. 피가 뭡니까, 평생 장애를 안고 살아갈 수도 있습니다. 바로 써걱써걱 작두질하는 순간입니다.

작두질을 하려면 꼭 두 사람이 있어야 합니다. 한 사람은 앉아서 '여물을 먹이고' 또 한 사람은 서서 작두날을 밟아주어야 합니다. 보통 디디는 일은 다리에 힘이 부쩍 오른 남자아이들이 맡고, 여물 먹이는 일은 손이 재빠르고 눈썰미 있는 나이 든 어른들이 맡습니다. 그리고도 두 사람이 항상 상대방의 손놀림 발놀림에 눈을 떼서는 안 됩니다. 그렇지 않으면 여물이 길쭉길쭉해서 볼품없거나, 일이 아주 더뎌지거나, 심지어 위험하기도 합니다.

작두질이 순조로우려면 작두부터 좋아야 합니다. 늘 날이 새파랗게 서 있어야 하고, 작두날과 나무 작두 틀 사이의 이빨이 딱 맞아야 하고, 거기다가 작두날 등이 두툼하니 무거우면 좋은 작두라 부를 만하지요. 등이 두텁긴 하되 날이 안 서 있으면 짚을 못 썰고, 날이 서 있지만 등이 아주 얇은 작두는 가벼워 많이 오래 썰어 내지를 못합니다. 이렇게 쓸 만한 작두라도 여름 장마철에 짚이 눅눅해지면 짚단 하나를 단번에 잘라내지 못할 때가 많습니다. 이렇게 작두날에 한번 '먹인' 것이 다 잘려나가지 않는 것을 일러 '작두 씹힌다'고 합니다. 자꾸 씹히면 참 짜증이 납니다.

이 작두로는 꼭 소여물만 써는 것은 아닙니다. 한 해에도 한두 차례씩은 꼭꼭 이 작두가 없으면 안 될 일이 생깁니다. 가령 이런 순간이지요. 오뉴월쯤 산과 들이 푸나무로 시퍼레지고 마침 식구 많은 이 집 저 집 뒷간도 꾸역꾸역 차오르면, 장정들은 하루쯤 날을 잡아 그 푸나무를 써걱써걱 편할 대로 아무렇게나 몇 바지게씩 베어다 나릅니다. 그런 다음 마당 한구석이나 텃밭 귀퉁이에 부려놓은 그 푸나무 더미 곁으로 작두를 옮겨다가 또 아무렇게나 듬성듬성 썰어 뼈대 있는 집안 선산 무덤만 하게 수북이 쌓아 올리지요. 그냥 쌓아 올리는 게 아니라 그 사이사이에 뒷간에서 퍼내 추무리*에 담아 온 걸쭉하고 구린 것을 몇 바가지씩 넉넉하게 끼얹어 줍니다. 그리고는 마지막으로 헌 비닐 조각 같은 것으로 잘 덮어 놓지요. 말 그대로 변소치고 거름 생기고, 그렇게 하면 돈 한 푼 안 들이고 아주 훌륭한 거름이 만들어집니다.

퇴비란 그렇습니다. 거름 될 만한 재료이지만 바싹 마른 채로 쌓아두면 헛일입니다. 짚이나 보릿짚, 풀, 등겨, 부엌 아궁이에서 쳐낸 재, 푸성귀 다듬고 남은 전잎 같은 원재료에다 소똥, 개똥, 닭똥, 사람 오줌, 소 오줌과 같은 물기를 머금은 부재료들이 적당히 더해져야 하지요. 또 그렇다고 해서 지붕도 없는 바깥에서 사시사철 비를 맞혀도 안 됩니다. 그러면 삭는 게 아니고 질척하게 썩어 버리니까요.

---

* 추무리: 변소 인분을 퍼 나르는 데 쓰는 용기. 똥장군.

또 무너진 담벼락을 새로 쌓거나 아궁이나 방고래를 크게 손보는 일과 같은 흙일을 할 때도 이 작두의 힘을 빌리지 않으면 곤란합니다. 아무리 솜씨 있는 사람이 아무리 찰지고 좋은 황토로 꼼꼼히 흙일을 마무리해도, 흙에 물을 부어 이길 때 그 속에다 짚을 썰어 넣지 않으면 그 흙은 마르자마자 대번에 부스러져 내리거든요.

이래저래 작두날은 꼭 한 해에 한 번쯤은 숫돌에 잘 갈아주어야 합니다. 남자들이 게으른 집은 작두부터 시원찮아 여물 썰다가 식구끼리 낯 붉히기 딱 좋습니다. 그래서 잘 드는 작두는 굵은 통나무나 쇠토막만 아니라면 뭐든지 자기 입안에 들어오는 놈은 다 뎅겅뎅겅 썩둑썩둑 두 동강 내 버립니다.

옛날 아주 극악한 무리들은 사람의 목을 이 작두날 안에다 밀어 넣기도 했다지 않습니까? 일본 침략자들이 조선이나 중국에서 '불령한' 사람들을 붙잡아다 작두로 처형하는 사진 기록은 지금도 남아 있습니다.

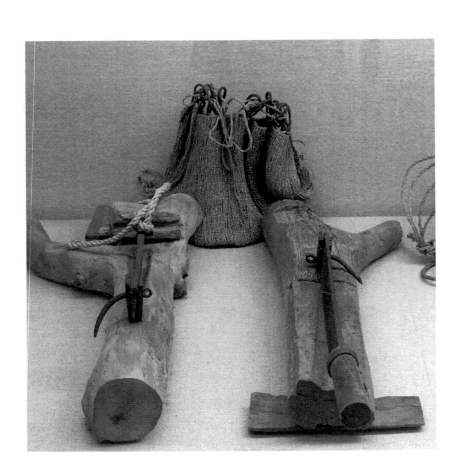

10. 이것

이 세상에는 소 때문에 생겨난 물건이 정말 많습니다. 이것도 그 중 하나입니다. 이것은 생김새가 아주 단순합니다. 그저 완만한 기역자로 구부러져 있는, 어른들 팔뚝 굵기의 나뭇가지에 불과합니다.

그래도 소와 함께 일을 하려면 반드시 이것부터 챙겨야 합니다. 쟁기질을 하든, 달구지를 끌든, 써레질을 하든, 이것이 있어야 소가 힘을 쓸 수 있습니다. 아무리 튼튼하고 실한 지게가 있어도 지게 작대기가 없으면 소용없듯, 아무리 일 잘하는 소와 노련한 일꾼과 쟁기가 있어도 이것 빠뜨리고 논밭으로 나가면 아예 일을 시작도 못합니다.

그래서 보통은 쟁기와 이것은 한 묶음으로 갖춰져 있습니다. 쟁기 끝에는 이것이 달려 있고 이것 뒤에는 쟁기가 붙어 있고 그렇지요. 쟁기와 이것은 집집마다 다 갖춰놓고 사는 게 아니어서 서로서로 빌려주고 빌려가며 씁니다. 이것은 한번 만들어 놓으면 아주 오래 쓰기에 동네에서는 딱 보면 누구네 것인지 다들 한눈에 알아봅니다.

맨 처음 이것을 하나 장만하고 싶은 사람은 오랫동안 뒷산 소나무 숲을 들락날락하면서 나무란 나무는 다 살피고 다녀야 합니다. 마음 같아서는 그런 나뭇가지 한 개쯤은 금세 잘라 올 것 같지만, 막상 숲 속에 들어가 보면 그게 아닙니다. 지게를 새로 하나 만드는 일과는 정반대라고 하면 될까요? 지게 만들기는 그렇습니다. 뒷산 소나무 숲에 들어가서 잠시만 휘휘 둘러보면 지겟가지가 됨직한 나무는 쉬이 발견할 수가 있습니다. 지름이 한 뼘이 채 안 되는 소나무 줄기 그 한가운데를, 적당한 각도로 옥은 실한 가지 한 개만 살린 채로 모두 두 개를 베어 와서, 그늘에다 두고 한 철 잘 말린 후, 낫과 톱과 끌과 짜구*를 써서 톡닥톡닥 한 사나흘 손품을 팔면 뚝딱 지게 뼈대가 생겨납니다. 거기에 짚으로 등태와 멜빵을 엮어 달고 작대기 하나만 구해 오면 당장 지고 다닐 수가 있지요.

그런데 이것은 그게 아닙니다. 만들기보다 맞춤한 나뭇가지 구하기가 훨씬 더 어렵습니다. 만드는 과정은 별것 없습니다. 거칠한 나무껍질과 자잘한 옹이 같은 것만 말끔히 없애고, 기역자 양쪽 맨 끝부분에다 돌아가며 깎아 잘록하게 턱을 만들어 주면 끝입니다. 그렇게 하고 나일론 줄을 묶어야만 무지막지하게 *끄*는 소의 힘을 받아도 벗겨지지 않으니까요.

---

* 짜구: 목공 기구. 자귀.

우리 민족의 원조 반려동물 소 이야기

소를 부릴 때 이것의 바른 위치는 바로 소의 머리 뒤 목덜미입니다. 그러니까 소가 앞으로 나아가면 소의 힘은 바로 이것으로 전해지고, 다시 그 힘은 나일론 줄을 통해 쟁기나 써레나 아니면 달구지까지 이어지는 것이지요. 오뉴월 소의 목덜미에 벌건 피멍이 들고 핏물이 흘러내리는 것도 바로 이놈이 소의 목덜미를 몇 날 며칠 쉴 틈 없이 파고들면서 짓누르기 때문입니다. 어느 집 것이든 이것을 자세히 한 번 들여다보면 가슴이 저릿해 옵니다. 마치 콩기름 먹인 오래 묵은 방바닥같이 모두 반들반들 윤이 납니다. 또 코를 갖다 대보면 소 냄새, 정확히 말하자면 소가 흘린 피 냄새 눈물 냄새가 확 끼쳐옵니다. 대대로 살다 간 온 동네 늙은 암소들의 피와 땀과 통곡 소리가 그 구부러진 나뭇가지 속에 켜켜이 배어든 까닭이지요.

아실는지 모르겠습니다. 이것은 바로 '멍에'라는 농기구입니다.

우리 고장 밀양에는 '멍에실'이라는 마을도 있습니다. 밀양역 바로 옆 골짝 안에 포근히 안겨있는 이 마을은 마을을 감싸고 있는 산성산과 자씨산 줄기가 마치 소의 목덜미에 걸치는 멍에를 닮았다 하여 이름이 그리되었습니다. 그러나 아쉽게도 행정관청에서는 멍에실이라는 이름이 통하지 않습니다. 그냥 딱딱하고 밋밋하게 가곡동(駕谷洞)이라고 부르지요. 가곡동의 한자 가(駕)는 바로 멍에를 가리키니 한자로 옮기기는 제대로 옮겼지만 아쉽기 짝이 없습니다.

멍에는 참 묘한 물건 묘한 이름임이 분명합니다. 멍에 멍에, 하고 이름만 불러 보는데도 우리들 가슴은 대번에 짠해지기도 하고 따뜻해지기도 하고 또 뭉클해지기도 하니까요.

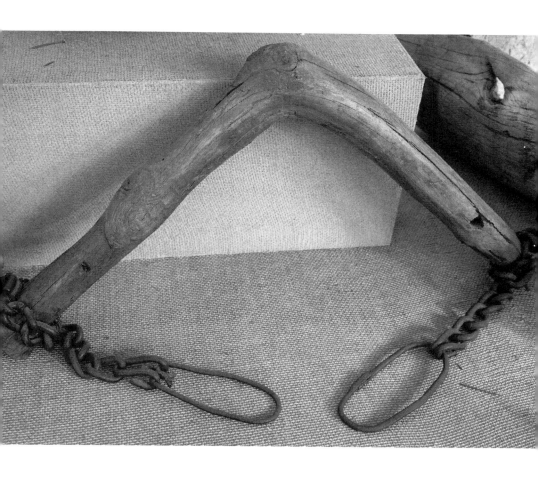

||. 써레 썰매

가을걷이가 다 끝나고 첫서리가 내릴 때쯤 동네 소들은 다시 한 번 떨치고 일어나야 합니다. 이번에도 역시 빈 논밭을 다 갈아엎어야 합니다. 그래야 밀, 보리, 마늘을 심지요.

하지만 오뉴월 그때보다는 사람도 소도 많이 수월합니다. 모든 논밭에 다 밀이나 보리를 심지도 않고 날도 덥지 않을 뿐만 아니라, 첨벙첨벙 무논에 들어가 써레질이나 번지치기를 할 필요도 없으니까요. 그래도 쟁기질은 쟁기질인지라 쉬운 일이 아닙니다. 또 한 번 동네 암소들 목에 벌건 피멍이 아니 생길 수 없지요.

보리씨 밀씨를 뿌리고 얼마 안 있으면 첫얼음이 업니다. 텅 빈 들판을 오가는 건 무심한 바람과 까마귀 떼뿐. 이럴 때쯤, 어른들은 햇볕 좀 따스한 날을 골라 소와 함께 한 해 농사 마지막 일을 하러 들판으로 나갑니다. 바로 보리 논 밀 논에 써레 끌기.

써레는 본래 모심기 철 무논에 쓰려고 만든 물건이지만, 가을 보리씨 뿌려 놓은 논으로도 불려 나옵니다. 쟁기질만 하고 씨를 뿌린 논밭에는 커다란 흙덩이가 발에 채일 정도로 굴러다닙니다. 나무로 만든 곰방메로 사람이 일일이 깨부수기도 합니다만, 논밭 이랑이 어디 한두 이랑이랍니까? 게으른 집에서는 그대로 가만히 놔두기도 하지만 그리되면 이듬해 봄에 이래저래 손해가 큽니다. 남들 보리밭은 시퍼렇게 물들어 가는데 그 집 보리밭만은 이랑이 끊어졌다 이어졌다 볼품이 없으니 우선 남 보기에 얼굴 끄실리지요*, 타작해도 소출 떨어지지요….

가을 써레는 세우지 않고 땅에 눕힙니다. 썰매처럼요. 그리고 소를 시켜 골고루 끌게 하지요. 빈 써레를 그냥 끌고 다니면 가벼워서 흙덩이를 부술 수가 없습니다. 그럴 땐 여남은 살 먹은 남자아이들을 써레 위에다 태우는데, 아이들은 이런 재미를 일러 '호시 탄다'고 합니다. 호시는 꼭 써레로만 탈 수 있는 것은 아닙니다. 강둑에 잔디가 바싹 마르는 겨울날 짚단 하나를 들고 가서 엉덩이 밑에 깔고 주르륵 미끄러져 내려오는 재미도, 동네 안길을 지나가는 마차나 달구지 짐칸에 주인 몰래 매달려 보는 것도, 자상한 아버지가 등을 대고 방바닥에 누워 서너 살 아들딸을 발등에 태운 채 방아깨비처럼 '딸깨꿍 딸깨꿍'을 해 주는 것도 다 호시 타는 것이지요.

늦가을 한 며칠, 이 집 저 집 써레를 끌어야 하는 날이 닥치면 동

---

* 얼굴 끄실리다: 얼굴 끄슬리다. 창피를 당하다. 남우세스레 되다.

네 사람들 얼굴은 한결 더 밝아집니다. 아이들은 자지러지고, 어른들은 그런 아이들 얼굴 바라보며 흐뭇해합니다. 보리 씨, 밀 씨는 꼭꼭 밟아주어야 동해를 입지 않으니 아이들이 아무리 논밭을 뛰어다녀도 주인은 나무라지를 않습니다.

소도 그렇습니다. 쟁기나 달구지 끌기, 아니면 옹구 져 나르기라면 몰라도 가을 논밭에 써레 끌기 정도는 식은 죽 먹기여서 주인이 자꾸 워워 불러 세우기 바쁘지요. 누구나 싱글벙글 웃으며 하는 일이 늦가을 써레 끌기입니다.

보리 논, 밀 논에 써레 끌기가 끝나면 사람도 소도 고된 일은 한동안 잊어도 됩니다. 어느새 겨울이지요. 미끈하던 소등도 긴 털로 촘촘하게 덮여 가기 시작합니다.

12. 솔방 마을 소 피란 이야기

우리 동네 강 건너 동쪽 하늘 저 멀리 우뚝 솟아오른 소천봉, 그 꼭대기 구름 속에는 천 년을 견딘 늙은 소나무 한 그루가 마치 승천하는 용처럼 똬리를 틀고 서 있는 솔방이라는 작은 마을 하나 숨어 있습니다. 그 마을에서 태어나 그 마을에서 살다가 여든아홉에 눈을 감으신 명례 어른, 그 어른 살아계셨을 적 젊은 사람들에게 몇 번이고 들려주시던 고생담 하나.

해방되고 육이오 동란 터지고 할 그 임시에는, 우리 같은 골짝 사람들은 돈도 없었지만은 있었다 캐도 은행이 어디에 있는지 머 하는 덴지도 몰랐고, 그러니 자연 큰 재산이라 카마 사는 집하고, 농사짓는 땅뙈기하고, 그 다음에는 소라. 이 중에 하나라도 없으면 참 짜치게* 살 수밖에 없는데, 어떤 집은 눈 번히 뜨고 소를 빼앗기고 안 그랬나, 그때는.

전쟁이 터질 때는 여까지 인민군들이 밀고 내리오지는 몬 했지만, 그래도 산내면도 가고 단장면도 갈 수 있는 우리 동네 이 뒷산줄기

---

* 짜치다: 쪼들리다

우리 민족의 원조 반려동물 소 이야기

에는 그 전부텀 산사람들이 참 많았어. 메칠마다 한 번씩 저녁 묵고 어둑어둑해지면 마 그 사람들이 우르르 동네로 내려오는 기라. 내리오마 주로 밥 내놔라 곡석* 내놔라 이 카는데, 저그도 춥은 산속에서 배를 많이 곯았는지 우째 됐는지, 한 번씩은 마 소를 내놔라 이 캐. 아재요, 누가 얼마만큼 우리한테 협조했는지 우리도 다 알고 있심더, 좋은 세상 오마 꼭 두 배 세 배로 갚아 주겠심더, 이 카민서 소 이까리를 풀어. 어른들이 나서서 울고불고 매달리고 하지만 밤에, 그것도 어깨에 철거덕철거덕 총꺼정 떡 메고 있는데, 우리가 그 사람들한테 힘으로야 우예 이기노?

어떤 집에서는 소 대신 염생이나 달구새끼**도 뺏기고 했지만 그런 기사 또 그렇다 쳐도 아이고, 소 뺏긴 집은 난리도 그런 난리가 없었구만은. 재산도 재산이지만, 봄에 무슨 수로 농사를 짓노 말이다. 지서에 신고해도 자꾸 바쁜 사람 오라가라 불러제끼기만 불러제끼고, 별무소용이라.

그래 가지고 우리 마실에서는 저녁 묵고 나마 밤이 기웃할 때까지 안 자고 귀를 열어놓고 있었던 기라. 저 웃도곡 아랫도곡에서 개가 자꾸 짖든지 총소리가 탕 나든지 하마, 마 집집마다 남자들이 홑이불 하나 둘둘 말아들고 조용조용 소를 몰고 집을 나선다 아이가.

---

*   곡석: 곡식
**   염생이, 달구새끼: 염소, 닭

소 목에 달아놓은 요령은 소캐*로 콱 막아뿌고, 불도 없이 저 마실 뒤 험한골로 넘어간다 아이가. 가서는 소 이까리 나무에 매 놓고 사람은 그 옆에 쭈그리고 앉아 있고, 그래 밤을 새우다가 희부염하게 날이 새마 다시 집에 오고 그랬지.

말이 산속이지 여름에는 모기 뜯제, 가실 겨울에는 춥제, 눈치 없는 소가 움메 하고 울기라도 해봐라, 대번에 가슴이 콩닥콩닥하고 땀이 비 맞은 것 맨치로 흘러. 그 땀 식으마 또 으실으실 춥기는 얼마나 춥고? 아이고, 다시 그런 세월이 온다 캐도 나는 인자 그리는 못해. 차라리 소 몰고 갈라 카더덩 이 자리에서 나를 먼저 직이라 카민서 총구멍 앞에 드러눕을 기라. 그때는 산사람들 저그들도 묵고는 살라꼬 그랬겠지만, 우리도 아이고 고생고생, 말로 다 몬 한데이.

저 면사무소 있는 동네나 장터 동네 사람들은 산사람이 머 하는 사람들인지, 육이오 난리가 먼지, 피란이 먼지 도통 모리고 살았다 카더만은, 우리 솔방 동네 사람들은 소 몰고 소 피란 댕긴다꼬 난리도 그런 난리가 없었어, 허허허. 지금이야 이래 웃으민서 이바구하지만은 그때는 아이구, 참.

---

* 소캐: 솜

우리 민족의 원조 반려동물 소 이야기

4 장

긴긴 겨울날

1. 겨울 준비

가을이 깊어 아침저녁으로 방바닥에 냉기가 올라오고, 마당가 감나무들이 우수수 잎을 떨어뜨리면 모두들 소죽을 끓여낼 준비부터 해야 합니다. 황토 반죽에 짚을 섞어 아궁이 무너진 데도 바르고, 헌 신발 달아맨 긴 대나무 장대로 방고래도 뚫고, 작두날도 숫돌에 갈고, 녹슨 무쇠 소죽솥도 짚수세미로 닦아내야 합니다.

그리고 무엇보다 소 주식인 볏짚과 소 이불인 보릿짚이 넉넉해야 합니다.

소 부식도 형편 닿는 대로 많이많이 준비해 두어야 합니다. 주로 말린 풀과 방앗간에서 나오는 등겨, 농사 뒤끝에 생겨나는 고구마 줄기, 여린 수숫대, 서리 맞은 호박 넝쿨, 콩깍지 같은 것들입니다. 어떤 집은 봄에 일부러 너른 공터에 호박구덩이를 여기저기 많이 파서 호박 씨앗을 넉넉히 넣어둡니다. 사람 먹을 호박이야 두어 구덩이만 해도 충분하지만, 소 먹일 요량으로 그리 하는 게지요.

끝으로 소와 함께 긴긴 겨울을 무사히 나려면 뒤란 처마 밑이나 헛간에 둥구리*를 많이많이 쌓아 두어야 합니다. 사람 밥 할 때처럼 잔솔가지나 검불 같은 땔감으로 소죽 끓이려고 덤벼들었다가는 소한테 생여물 먹이기 딱 좋습니다. 잘 쪼개 가지런히 쌓아둔 소나무 둥구리는 보기도 좋지만 향긋한 송진 냄새는 더더욱 좋지요.

여기에다 사람 먹을 김칫독과 쌀뒤주, 그리고 고구마 멱서리까지 그득하면 금상첨화입니다. 아무리 방 안 윗목 젖은 걸레까지 꽁꽁 얼어붙는 겨울이 와도 그런대로 견딜 만합니다.

---

* 둥구리: 장작

2. 강물 우는 소리

　겨울도 깊을 대로 깊어 동지섣달이 되면 정말 날씨는 '떠르르하게' 춥습니다. 햇빛이 비치는 골목길에도 얼음 덩어리가 녹지 않고 굴러다니고, 바람은 차갑다 못해 아프게 목덜미를 훑고 지나갑니다. 그런 날 밤에는 곧잘 강물이 울지요. 꿍꿍꿍-, 꾸구꿍-. 묵직한 저음의 파열음이 강마을 사람들의 혼곤한 밤잠을 흔들어 깨워놓곤 합니다. 그러면 어른들은 자던 잠결에도 중얼거립니다. 아따, 강물 우는 거 바라, 내일은 강이 잽히겠다.* 아니나 다를까, 그렇게 강물이 울고 간 다음 날 강가에 나가보면, 여울목은 몰라도 깊은 소는 이제 사람이 올라서도 괜찮을 두께로 얼음이 얼어 있습니다. 말 그대로 흘러가던 강물이 추위에게 그만 붙잡혀 버린 것이지요. 아이 어른 할 것 없이 동네 사람들에게는 새로운 놀이터가 하나 생기는 순간입니다.

　이렇게 날이 매섭게 추울 때는 소한테도 부쩍 관심을 많이 쏟아야 합니다. 우선 해가 져서 산그늘이 마당을 지나가면 소등에 삼정

---

* 강 잡히다: 강에 얼음이 얼기 시작하다.

을 입혀주어야 합니다. 헌 옷, 헌 담요 같은 것을 누덕누덕 기워 붙여 소 등에 딱 맞도록 만든 소 옷이 바로 소 삼정이지요. 그리고 소 마구에 보릿짚을 평소보다 좀 더 넉넉히 넣어주어야 합니다. 이것은 소 이불입니다. 또 소죽도 매번 불을 살짝 피워 조금 데워 주어야 합니다. 저녁 소죽이야 어느 집 소든 늘 더운 것으로 먹지만, 아침 점심때는 자칫하면 얼음 덩어리 섞인 죽을 주기 십상입니다. 마지막으로 정말 추우면 휑뎅그렁한 소 마구 앞에다 까대기를 쳐서 찬바람을 막아 주어야 합니다. 아무리 떠르르한 엄동설한이라 해도 주인이 소에게 해 줄 수 있는 것은 이 정도가 다입니다.

혹 게으른 사람들은 이래도 안 해주고 소를 팽개쳐 놓기도 하지만, 그래도 소는 그 맑고 큰 눈만 끔벅이며 아무 말 없이 잘 견딥니다. 좀 서운하고 좀 섭섭한 일이 있어도 좀처럼 남을 원망할 줄 모릅니다. 다만 엉덩이가 비쩍 말라갈 뿐이지요.

3. 아무리 추워도

소가 마구에서만 잠을 자기 시작하면 사나흘에 한 번씩은 바닥을 청소해 주어야 합니다. 똥오줌과 뒤섞여 질척해진 보릿짚을 네 발 쇠스랑으로 말끔히 찍어낸 다음, 새 보릿짚을 푹신하게 깔아주는 일을 일러 '소 마구 친다'고 하지요.

소 마구 치는 일은 생각보다 수월치가 않습니다. 좁은 마구 안에서 소가 자꾸 이리저리 얼쩡대면서 보릿짚을 밟고 있으니 네 발 쇠스랑으로 찍어도 좀처럼 들어낼 수가 없습니다. 소 없는 곳 바닥부터 떠내고, 다시 소를 그쪽으로 밀친 다음 또 떠내야 하는데, 소는 제 집을 청소해 주는데도 퍼뜩 눈치를 못 채고 주인 애를 태울 때가 많지요. 소 궁둥이를 철썩철썩 때려가며 제법 땀깨나 흘려야 일이 끝납니다.

또 질척해진 보릿짚은 생각보다 아주 무거워져 있습니다. 그걸 떠내다 두엄더미 위로 몇 번 던져 올리다 보면 아무리 추운 겨울이라도 대번에 등짝이 축축해져 버립니다. 재수 없으면 소 뒷발에 걸어차이기도 하지요. 또 마구 맨 안쪽 구석에 있는 소 오줌통도 가끔은 비워 주어야 합니다.

소는 배설량이 워낙 많기 때문에 조금만 게으름을 피웠다가는 마구가 똥오줌 바닥으로 변하고 맙니다. 이럴 땐 새 보릿짚도 소용이 없습니다. 소 엉덩이에 덕지덕지 똥 비늘이 달려 소 꼴이 말이 아니게 됩니다. 심하면 밤에도 소가 바닥에 잘 눕지를 않지요.

"아이고, 누가 이랬노? 소 마구를 멀끔하게 자알 쳐 놨네!"

겨울철, 힘깨나 쓰는 열댓 살 남자아이들이 어른들한테 가장 칭찬받기 쉬운 것이 시키지 않았는데도 장작을 패 놓거나 소 마구를 쳐 놓는 일입니다. 소 마구를 치려면 헌 바지로 갈아입고 장화를 신고, 제법 결연하게 덤벼야 하지요.

마구를 아무리 잘 쳐도 소를 마구에만 묶어두면 안 됩니다. 아무리 겨울이 춥다 해도 며칠에 한 번씩은 집 근처 바람이 들이치지 않는 양지바른 곳으로 소를 데리고 나가 햇볕을 쬐어 주어야 합니다. 소를 소 마구 바깥으로 데리고 나가면 좋은 점이 참 많습니다.

우선 마구 치기가 수월합니다. 그 좁은 마구에 다리가 네 개나 달린 덩치 큰 소까지 얼쩡대면 일하기가 여간 힘들지 않지요. 소 없는 소 마구에 들어가서 질척해진 보릿짚을 쇠스랑으로 다 걷어내고 노란 새 보릿짚을 푹신하게 깔아놓고 돌아서면, 마치 늦가을에 햇솜으로 두둑한 새 이불 한 채를 지어 놓고 이윽히 바라보는 것처럼 기분이 산뜻해집니다.

또 보릿짚도 덜 들어갑니다. 밖에 나와 있는 소의 똥오줌은 바로 그 자리에서 두엄더미로 떠다 버리면 되니까요.

무엇보다 소가 좋아합니다. 아무리 날씨가 쌀쌀하더라도 소는 햇볕 하나만 좋으면 어두컴컴한 마구보다는 바깥을 훨씬 더 좋아합니다. 그건 장구한 세월을 풀밭에서 뛰어놀며 살아온 소의 본능입니다. 한겨울이 되면 온몸이 아주 길고 촘촘한 털로 뒤덮이는 소에게 한낮 추위 정도는 사실 그리 큰 문제가 아닙니다. 어둡고 비좁고 천장 낮은 마구 안에 묶여 있는 소는 편치 않은 기색이 역력합니다. 소죽도 말끔하게 먹어 치우지 않고, 잘 눕지도 않고, 그저 서성이면서 자꾸 눈길을 바깥에다만 두니까요. 어떨 땐 누워 있다가도 주인이 마구 안으로 썩 들어서며 고삐에 손을 대기만 해도 소는 대번에 눈치를 채고 푸우~ 하면서 벌떡 일어섭니다.

어떤 사람은 그럽니다. 고작 소 마구에서 바깥으로 나왔을 뿐인데 소는 뭐가 그리 좋을 일이 있으며, 또 설령 소가 좋아한다 치더라도 사람이 그걸 어떻게 알아차리느냐고요? 이렇게 물으신다면 딱히 말로는 설명할 방법이 없습니다만, 그렇다고 해서 소와 사람 사이의 이심전심, '그 마음'까지도 없어지는 것은 분명 아닐 것입니다. 사람과 사람 사이도 그렇지 않습니까? 사랑하는 연인끼리는 서로 마주 바라만 보아도 눈에서 깨가 쏟아진다고들 하는데 어디 '깨'가 눈에 보여서 하는 말이겠습니까? 바로 이런 대목에서 소를 잘 키우는 집과 그렇지 않은 집의 차이가 있는 겁니다.

양지바른 곳으로 데리고 나와 무거운 삼정을 벗겨주면 그 너른 소 등에 따뜻한 햇볕이 푸짐하게 쏟아져 내립니다. 그럴 때면 소도 주인을 향해 고맙다는 듯이 두 눈을 연방 끔벅입니다. 바깥에 나온 소는 소죽도 더 많이 먹고, 바닥에도 더 오래오래 누워 눈을 반쯤 감은 채 되새김질도 더 열심히 합니다. 소가 그렇게 느긋하게 마당 한 귀퉁이를 채우고 있으면 주인 마음도 덩달아 편안해집니다.

진짜 소를 잘 키우는 사람은 그럴 때 꼭꼭 소 등긁개로 소 몸 여기저기를 꼼꼼하게 긁어주고 쓸어줍니다. 소 등긁개는 쉽게 말하자면 손잡이가 달린 조그마한 쇠 얼레빗 같은 것인데, 그걸로 소의 몸 구석구석을 긁어주면 소도 제 먼저 다리를 쭉 펴거나 꼬리를 들면서 주인이 하자는 대로 자기 몸을 내맡깁니다. 아무리 가렵고 아파도 고작 혀로 핥아볼 뿐인 소에게 주인의 등 긁개질은 얼마나 시원하겠습니까? 할머니들에게 효자손이 있다면 소에게는 등긁개가 있습니다.

4. 향기로운 똥

사람들이 누구나 싫어하는 말 중에 하나가 바로 똥, 똥입니다. 뭘 먹고 있는 사람 앞에서 똥 얘기를 하면 다들 버럭 성을 내며 얼굴을 찌푸리지요. 사실은 똥이 밥이고 밥이 곧 똥인데 말입니다. 농사짓는 집에는 이런저런 똥이 발끝에 채입니다. 뒷간에는 사람 똥, 마당에는 소똥 개똥 닭똥, 우리 속에는 돼지 똥, 고방 속에는 쥐똥.

다들 아시겠지만, 이런저런 똥 중에서도 가장 구린 똥은 사람 똥입니다. 소똥은 똥 중에서도 가장 냄새가 덜 나는 편입니다. 그 흔하고 양마저 엄청난 소똥이 냄새까지도 지독했다면 아마 우리는 일찌감치 소와는 친해질 수가 없었을 게 분명합니다.

소를 키워 팔아 목돈을 만든다는 것은 나중 일이고, 우선은 소가 똥을 누지 않으면 우리는 농사부터 지을 수가 없습니다. 그 풍성하고 기름진 두엄더미를 소 아니면 무슨 수로 만들어 내겠습니까?

또 보릿짚이나 생풀, 여물 찌꺼기와 함께 뒤섞인 소똥은 거름 중에서도 아주 좋은 거름입니다. 논밭에 조금 과하다 싶을 정도로 넣어도 별 탈이 없습니다. 그래서 농사 좀 짓는 사람이라면 누구나 입에 달고 다니는 말이 하나 있습니다. '거름 중에는 소 거름이 으뜸이다.'

가끔 두엄더미엔 소똥 아닌 똥도 양념으로 들어가긴 합니다. 한겨울 밤 뒷간은 먼데 똥이 마려운 내가 눈을 떠서 할 수 없이 할머니 옆구리를 찌르면, 지청구와 함께 눈을 뜬 우리 할머니는 대청마루 바로 밑 마당에 나를 앉혀 똥을 누게 하고서는, 속옷 바람으로 찬바람 부는 마루 위에서 이윽히 내 머리꼭지를 내려다보며 기다려줍니다. 할매 다 눴다, 아이고 무신 똥을 그래 오래 누노? 부석 앞에 있는 나무 꼬쟁이 하나 분질러다가 꼽아 놓거라, 마루 밑 아궁이 앞에 쌓여 있는 나뭇단 가는 가지를 하나 딸깍 분질러 금방 눈 똥뎅이 위에다 슬쩍 꽂아 두고서는, 다시 들어와 흐뭇하게 잠을 청합니다. 이튿날 아침, 일어나 보면 꽁꽁 언 내 배설물 위에는 잡기 좋은 손잡이가 하나 생겨 있지요. 집어 들고 휙 두엄더미에 던져버리면 뒤끝이 아주 깔끔합니다.

두엄더미 퇴비는 두어 해 잘 삭혀서 써야 합니다. 그렇지 않으면 냄새도 구리고 무겁고, 무엇보다 독해서 어린 모종이 녹아버리기도 하니까요. 이른 봄, 바지게로 져 나르기 전에 마당에 널어놓은 푸슬푸슬한 거름에서는 아주 향기로운 냄새가 납니다.

겨울 헛간 두엄더미
아침마다
김 무럭무럭 나지요.

사람똥 소똥 볏짚 보릿짚이
밤새도록 껴안고
함께 꾸었던 따뜻한 꿈

무서워하지 마
우린
논밭으로 돌아갈 거야.

감자 고구마 참깨 만나
푸른 한 세상
다시 이뤄 낼 거야.

5. 소죽 솥 부근

해가 설핏하면 두 사람이 짚 먼지 부옇게 일으키며 쿵덕쿵덕 와싹와싹 작두질을 시작합니다. 그다음에는 소죽솥에다 물을 붓습니다. 정지에서 나온 구정물과 이런저런 물을 섞어 무쇠 소죽솥 반쯤을 채웁니다. 정지에서 나온 구정물 속에는 온갖 것들이다 들어 있습니다. 된장 국물, 누룽지, 배추 무 꽁다리, 밥솥 씻은 물… 그래도 육고기나 비린 것은 절대 넣지를 않지요. 대신 등겨를 두어 바가지 풀어 넣습니다. 곧이어 짚여물을 몇 삼태기 수북이 담아 와서 솥 안 가득 꾹꾹 눌러 넣고 솥뚜껑을 닫습니다. 여기까지 일을 일러 '소죽 안친다'고 합니다.

이제는 아궁이에 불을 땔 차례입니다. 불도 아무렇게나 피우면 안 되지요. 첫 불은 세게 한참을 때야 합니다. 그러다가 솥전에 몇 줄기 물기가 주르륵 타고 내리면 소죽솥이 '눈물 흘린다'고 하는데, 이건 물이 이제 끓을 때가 다 됐다는 신호이지요. 조금만 더 불을 때면 흰 김이 모락모락 나다가, 곧 쉭쉭 세찬 콧김을 내뿜기 시작합니다. 물이 끓는 겁니다. 우르릉 솥뚜껑을 열고 나무 소죽 갈쿠리로 솥 안 소죽을 위아래가 바뀌도록 골고루 뒤집어 주어야 합니다. '소죽을 디비는' 거지요. 이 '소죽 디비기'는 말처럼 쉽지가 않습니다. 뜨거운 김은 얼굴로 자꾸 솟구쳐 오르지요, 앞은 잘 안 보이지요, 손에는 뜨거운 물이 튀지요, 연기마저 거들어 눈도 맵지요…. 그래도 소죽 끓이기의 핵심은 이 소죽 뒤집기에 있습니다. 귀찮다고 대충 뒤집고 솥뚜껑을 닫아버리면 당장은 편하지만, 나중에는 소죽이 영 버썩거려 소한테도 외면을 당하고 어른들한테도 꾸지람을 듣게 됩니다.

소를 잘 키우려면 소죽 갈쿠리 같은 자그마한 물건도 하찮게만 여겨서는 곤란합니다. 소죽을 만지려면 즉 안치거나 뒤집거나 퍼내려면 반드시 있어야 할 물건이 바로 이 소죽 갈쿠리와 소죽 바가지인데, 이 둘은 잠시 어디 들고 가서 쓰더라도 반드시 소죽솥 옆 제자리로 한 짝이 되게 도로 갖다 두어야 합니다. 사람 부엌으로 치자면 주걱과 국자 같은 것이라고나 할까요.

간혹 남자 어른들이 눈썰미가 없거나 게으르면 집안 식구들이 매번 애를 먹기도 합니다. 소죽 갈쿠리는 직각으로 잘 옥은 나무를 매끈하게 다듬어서 손잡이 길이가 좀 넉넉하도록 만들어야 하는데 그렇지 않으면 소죽이 갈쿠리에 잘 걸리지 않거나 쓰는 사람 손이 매번 뜨거워서 애를 먹거든요. 또 어떤 집은 소죽 갈쿠리가 없어 헌 낫 같은 것으로 소죽을 뒤집기도 하지만, 그런 집일수록 소등과 뒷다리는 꺼칠해지기 십상입니다.

소죽 뒤집기가 끝나면 그때 바로 부식을 조금 더 넣어줍니다. 서리 맞은 끝물 호박을 칼로 쓱쓱 삐져 넣거나, 못 먹는 시래기 부스러기 같은 것을 조금 더 넣거나, 잘 말려 둔 여름풀을 조금 더 넣거나…

다시 진득하게 불길을 조금 더 돋웁니다. 소죽을 뒤집은 다음 또한 번 솥전에 쉭쉭 김발이 쏟아져 나오면 마침내 소죽 끓이기는 끝이 납니다. 잘 끓인 소죽에서는 구수한 시래깃국 냄새가 나지요.

소죽 끓이기가 끝나고 벌건 숯불도 좀 사그라지면 그때부터는 아궁이 앞에 둘러앉은 아이들의 놀이 시간입니다. 고구마 밤도 구워 먹고, 달걀 껍데기 속에 흰쌀을 넣어 달걀밥도 지어 먹고, 헛간 짚둥우리에서 아예 달걀 한 개를 몰래 집어다가 솥 안에 슬쩍 넣어 삶아도 먹고….

그런데 이때 아주 조심해야 할 것이 하나 있는데 바로 밤 구워 먹기입니다. 도시에서 외가에 놀러 온 아이들은 가끔 알밤을 그대로 아궁이 속에 집어넣곤 하지만, 그랬다가는 난리가 납니다. 심하면 눈이나 얼굴을 다칠 수도 있습니다. 껍데기에 상처가 없는 알밤이 불속에 들어가면, 말 그대로 밤 폭탄으로 변합니다. 알밤에 상처를 내려면 이빨로 한 귀퉁이를 물어뜯거나, 칼이 있으면 밤 꼭지 부분을 얼마만큼 싹둑 잘라내면 그만입니다.

자식들 키워 다 내보낸 집은 늙은 내외가 소죽을 끓일 수밖에 없습니다. 어스름 저녁 길, 대문 빠끔히 열린 마당 가, 두 내외가 도란도란 얘기하면서 소죽을 끓이고 있는 꾸부정한 뒷등을 바라보면 참 적막하고 따뜻하고 그렇습니다.

6. 겨울밤

소죽이 끓고 마당 구석에 쑥물 같은 어둠이 고이기 시작하면 소마구로 가서 삼정 입힌 소등도 살펴보고, 까대기도 둘러주고, 보릿짚도 넉넉한지 다시 한 번 살펴보아야 합니다. 그리고 소죽을 퍼서 구시통에다 쏟아 주어야 합니다. 방금 끓여낸 김 무럭무럭 나는 죽을 소가 혀끝으로 날름날름 식혀가며 먹는 것을 확인하고, 사람들도 방으로 들어와 뜨거운 김 모락모락 나는 밥상을 사이에 두고 둘러앉습니다.

저녁을 먹고 나면 소죽 끓인 방으로 모여듭니다. 방은 점점 더 뜨거워져서 심하면 방바닥이 시커멓게 타기도 하고, 구들목에 깔아두었던 이불에서 누릇누릇 눋는 냄새가 나기도 합니다. 밤바람은 마당에 있는 마른 감나무 이파리들을 쓸고 지나가고 먼 데서는 컹컹 개 짖는 소리만 들리는 기나긴 겨울밤이 시작되는 시간입니다. 말 많이 해도 배 고프다 인자 자자, 어른들이 아이들을 재촉하면, 누군가는 다시 찬바람 왈칵 덤벼드는 마당으로 나가 뒷마무리를 하고 들어와야 합니다. 대문 빗장도 지르고, 소죽 솥 아궁이도 막고, 한 번 더 마구로 가 소가 어찌하나 살펴본 다음, 대청마루에 걸려 있는

희미한 백열전등을 딸각 끄고 들어오면 그때부터 세상천지는 정말 막막한 어둠 하나뿐입니다. 꼬르륵, 뱃속이 너무 허전해 한참 동안 마음 하나만은 자꾸 고구마 먹어리로 마당 가 무 구덩이로 달려가지만, 그럴수록 더 눈을 꼬옥 감아야지요.

밤바람 소리 부엉이 소리가 몇 번이나 울타리를 흔들고 지나가고, 그 뜨겁던 방바닥이 식어 식구들의 다리가 아랫목으로 자꾸 모여들 때쯤 돼야 희뿌연 새벽이 옵니다. 더 자그라, 이불을 가슴팍까지 다 독여주는 부드러운 음성에 이어, 탁탁 타닥 마른 솔가지 부러지는 소리, 아궁이 불길 속에서 옹이 터지는 소리가 들리고, 스며드는 매캐한 연기와 함께 방은 다시 조금 더 따뜻해져 옵니다. 먼저 일어난 어른들이 살짝 소죽을 다시 데우는 거지요.

뒤이어 쓱쓱 왕거시리*로 마당 쓰는 소리, 땅땅땅 부엌에서 들리는 칼도마 소리, 우르릉 소죽솥 뚜껑 여닫는 소리, 철벅철벅 소똥 누는 소리, 텅텅 뒤란에서 도끼질하는 소리, 안 봐도 무슨 소린지 훤히 다 아는 아이들은 이 세상에서 가장 달콤한 늦잠을 잠시 더 잡니다.

---

* 왕거시리: 대나무나 싸리로 만든 마당 빗자루

7. 그 방

　아침 불 땐 아궁이에서 이글이글 불땀 좋은 숯불을 한 부삽 화로에 떠다 넣으면 불씨는 아주 오래 갑니다. 손을 싹싹 부비며 은근하게 화롯불을 쬐기도 하고, 장죽에 담뱃불을 붙이기도 하고, 마른 떡 부스러기라도 생기면 화롯전에 녹여 먹기도 하니 화로 하나 때문에 겨울 한낮 방 안엔 온기가 돕니다.

　낮이면 늘 우리 집 소죽 끓이는 방 댓돌에는 마실 나온 동네 할매들 하얀 고무신이나 털신이 몇 켤레씩 가지런히 놓입니다. 그냥 놀러 오기 미안해 뭐라도 하나씩 먹을 것을 들고 와 어린 나에게 권하곤 하는 할매들이지요. 쌍지팡이를 짚고 와 아랫배 속곳 부근 안주머니에서 좀 일그러진 물고구마를 뽀시락뽀시락 꺼내주던 아흔이 넘은 명대 할매. 그러나 나는 고구마를 넣어온 곳이 좀 그런 데라서 얼른 받아먹지를 않는데, 그래도 명대 할매는 야야, 와 안 묵노, 괘안타 무 바라 엉? 하면서 도리질치는 내 입에다 두 번 세 번 넣어주곤 합니다. 우리 할매는 그냥 빙긋이 웃고만 있고요.

　내 친구 영보 저그 할매는 앞을 보지 못합니다. 영보나 영보 누나

영선이가 할매 손을 잡고 우리 집까지 늘 따라와야 하지요. 그래도 영보 할매는 귀 하나만큼은 아주 밝습니다. 귀가 어두운 우리 할매와 나란히 앉아 있으면 비로소 눈과 귀가 다 갖춰집니다. 먼저 영보 할매가, 누고? 밖에 누가 왔는 갑다, 하면 우리 할매가 방문에 붙여 놓은 손바닥만 한 거울창을 통해 밖을 살펴보고, 핀지 왔는가, 우체부가 대청에 멀 훌쩍 던지고 가네, 하면 영보 할매는 응 그키 누가 오는 것더라, 하면서 서로서로 보고 듣고 다 합니다. 앞이 안 보인다 뿐이지 영보 할매는 참 차분하고, 피부 뽀얀 예쁜 할매입니다.

할매들은 모였다 하면 늘 이야기로 기나긴 강물을 만들어 냅니다. 가끔 장죽에다 풍년초 가루담배를 쟁여 피우거나 뭘 오물오물 씹어 먹을 때도 있지만, 항상 하하호호 웃음소리 왁자하게 얘기를 하고 맞장구를 치고 그러지요. 얘기하는 사람은 주로 우리 할매입니다. 닭아 닭아 우지 마라 네가 울면 날이 샌다 날이 새면 나 죽는다 나 죽기는 섧잖으나 안맹하신 우리 부친 어찌 잊고 가잔 말가, 아이고 단산댁이요, 우예 그래 총기도 있고 입담도 좋은교? 왕 부인의 꿈에 죽은 조 승상이 나타나서 부인 부인 부인은 무슨 잠을 그리 깊이 주무시오, 날이 새면 큰 화를 당할 것이니 어서 빨리 웅을 데리고 몸을 피하시오, 이 깊은 밤에 어디로 가란 말씀이오, 가다 보면 자연 구해줄 사람이 있을 것이니 당장 일어나 길을 떠나시오, 화들짝 놀란 왕 부인 깨어보니 꿈이라, 웅아 웅아 웅이 어디 있으냐, 왕 부인 웅을 찾아보았으나 웅의 모습은 보이지 않는지라, 쯧쯧 우

짜겠노 이 일을, 아무래도 이두병이 그늠이 해코지를 할랑갑네. 다른 할매들은 눈빛을 반짝이며 우리 할매 턱밑으로 바짝 다가앉습니다. 내가 듣기로는 두 번 세 번 하는 얘긴데도 매번 처음인 듯 손뼉을 치며 신기해합니다.

할매들은 이 다 빠진 잇몸을 드러내며 어린애처럼 활짝 웃기도 하고, 담뱃대를 빨 때는 두 볼이 옴팍옴팍 패이기도 하고, 가끔 이야기가 서러운 대목에 이르면 손수건을 꺼내 눈가를 자주 훔치기도 하고, 이야기판이 달아올라 자칫 일어서야 할 때를 놓치면 두 번 세 번 사양하다가 겨우 군내 나는 김장 김치와 삶은 고구마 몇 개로 점심을 때우고 다시 이야기를 시작하곤 합니다.

그 할매들이 이어가는 긴긴 이야기 길을 따라가다 보면 어느새 겨울 추위도 많이 누그러져 있습니다.

8. 울 할매 생각

홍해 최 씨 고명딸 울 할매는요, 수염이 가지 뻗은 서른 살 신랑 얼굴 한번 못 보고 열여섯에 퇴락한 박 씨 가문 맏며느리로 시집 오셨지요. 아들딸 열을 낳고 베틀 하나로 두어 뙈기 논밭까지 장만하고 아흔셋에 고종명하신 울 할매는요, 이 세상 짐승이라고는 딱 두 가지밖에 없었지요. 소와 소 아닌 것들. 우리 집에서 울 할매 내리 사랑 듬뿍 받으며 자란 것은 우리들 손자하고 소, 이 둘밖에 없었지요.

뒤란 마구간과 울 할매 방은 감나무 한 그루 사이에 두고 붙어 있어 소가 아무 기적이 없어도, 이 늠의 소 죽 안 묵고 머 하노? 드르륵 미닫이 열어보고, 소가 심심해 움메 그냥 한번 울어 보는데도 와 저 카노? 누가 우리 소를 우째 하나? 또 나가 보고 그러셨지요. 어쩌다 소가 입맛이 없어 죽을 안 먹으면 울 할매 어디 고방에 숨겨놓은 고운 등겨 한 줌 쥐어다가 소 구시통 앞에 앉아 그 뜨거운 소죽 손으로 다 뒤집어 켜켜이 등겨 뿌려주며 묵어 바라 머라도 좀 묵어 바라 애원하면, 잠깐이라도 우리 집 소 먹는 시늉 안 하고는 못 배기지요.

한겨울 정말 소가 죽을 안 먹을 때는 집 주변 양지바른 언덕 다 뒤져 얼마간의 생풀이라도 뜯어다 쫑쫑 썰어, 내 고뿔들었을 때 밥 위에 깨소금 뿌려 주듯이 소죽에 섞어 주면 여태껏 그 죽 앞에서 입 안 연 우리 집 소는 한 마리도 없었지요.

엉덩이 비쩍 마른 거칠한 목 멘 송아지 밀양장에서 사올 때는 에 이그 저게 언제 진짜 소가 되려나 싶어도 울 할매 손길 한 철만 닿으면 어느새 엉덩이 통통하게 살 차오르고 털빛도 고운 생판 다른 소가 돼 버리지요.

소 팔고 나면 한 며칠 말수 확 줄고 유난히 일찍 잠자리에 들어 자꾸 뒤척이시던 단산댁이 울 할매, 지금은 무얼 하고 계시는지, 혹 도솔천 거기서도 텃밭 가꾸며 뒷다리 포동포동한 어린 암소 한 마리 지극정성으로 돌보고 계시는지.

이제 '그 방'에서 동네 이야기 대장 울 할매가 남기신 이야기 몇 자루를 제가 대신 전해드리겠습니다.

9. 진 데만 골라 디디니

옛날하고도 제법 옛날, 화악산과 남산이 사방을 둘러싸고 있는 심심산골 한재 마을에 살림은 넉넉잖아도 심성 하나만은 더 없이 고운 할배 할매가 소 한 마리랑 셋이서 살고 있었네.

밤비가 보스락보스락 지나가고 난 어느 봄날 아침에 일어나 보니 이런 날벼락이 있나, 그만 마구간이 텅 비어 있었네.

"아이고, 어떤 늠이 이랬노! 어떤 늠이! 시상에⋯."

가슴이 무너지고 눈앞이 노래져 벽에 걸린 옷 떨어지듯 그만 그 자리에 풀썩 무너지고 말았네. 그러나 곧 이어 할배 할매는, 우리가 이 카고 있을 때가 아이다, 두 팔 걷고 부르르 떨치고 일어섰네.

가슴을 다독이며 찬찬히 살펴보니 마침 밤비 탓에 땅이 촉촉하게 젖어 있던 터라 여기저기 소 발자국이 흩어져 있었네. 마당에서 골목길로, 다시 동구 밖에서 산 너머 고갯길로, 소 발자국은 끊어질 듯 끊어지지 않고 이어지고 있었네.

'오호라, 이늠이 우리 소를 몰고 저 고개를 넘어갔구나. 마침 내일이 풍각장인데 이늠이 우리 소를 팔아 묵을라꼬 몰고 갔구나.'

할배 할매는 만사를 제쳐 두고 허위허위 밤티고개를 넘고, 상사 하사를 지나, 풍각장 소전껄까지 사십 리 길을 댓바람에 달려갔네.

남의 집 처마 밑에서 하룻밤 밤이슬을 피한 뒤 해가 달자마자 소 전결로 들어가는 길모퉁이에 숨어 서서 가만히 지켜보았네. 한참을 지켜보니 마침내 두리번거리는 어떤 중년 사내 하나가 할배 할매 소를 주인인 양 몰고 저만치서 걸어오고 있었네.

　눈앞으로 지나가는 자기 소 모습 두 번 세 번 확인한 할배 할매, 그길로 순라꾼에게 달려가니 엉큼한 그 소도둑놈 거어기 오랏줄에 묶이고 말았네.

　반가운 소식 전해들은 한재 마을 사람들 너나없이 덕담을 건넸다네.

　"아이고야, 그 주인에 그 소데이! 캄캄한 밤에도 그 집 소는 꼭꼭 진 데만을 골라 디뎠던 기라."

　"그래 말이라."

　도로 되찾은 그 소 키우며 할배 할매는 다시 알콩달콩 잘 살았네.

10. 여장부

옛날 저 고개 넘어 마실 한 외딴집에, 인자 막 돌 지난 젖먹이 얼라가 하나 딸린 젊은 내외가, 농사도 좀 짓고 큰 암소도 한 마리 키우민서 살았거덩.

그런데 그 집 암소가 송아지 한 마리를 떡 낳았어. 네댓 달 지나니 젖도 떨어지고 송아지가 엔간히 커서 하루는 밀양장에 가서 팔았지. 그때는 제일 큰돈이 소 판 돈이라, 돈뭉치를 보자기에 돌돌 싸서, 옷 넣어두는 안방 윗목 반닫이 맨 밑에다가 고이고이 묻어 두었거덩.

그렇게 사나흘이 지났는데, 고마 하루는 그 집에 부고가 떡 날아들었어. 재 너머에 있는 집안 어른 한 분이 별세를 하신 기라. 안 가볼 수 있나? 젖먹이 아도 아지만 소 판 돈까지 있고 보이, 새댁은 집에 놔두고 신랑만 퍼뜩 밝은 낮에 댕기 온다고 길을 나섰는데, 고마 술을 한 잔 묵고 이래저래 집안사람들하고 어울리다 보이, 아차 그만 재를 넘어와야 할 시간을 놓치고 말았네.

그런데 일이 참 묘한 기라, 까마구 날자 배 떨어진다꼬 마침 그때 새댁 혼자 남은 집에는 어둑어둑 해가 져서 삽짝을 막 닫을라 카는데, 웬 손님 하나가 떡 찾아왔어. 머리에 수건을 탁 덮어쓰고 덩치

도 훤칠해 뵈는 아낙네가 무슨 보따리 같은 것을 하나 옆구리에 끼고, 닫을라 카는 삽짝을 붙들면서

"아이구 이를 우짭니꺼? 길을 잘못 찾아들어 날이 그만 저물고 말았심더. 하룻밤만 좀 재워 주이소."

이 칸다 말이지.

"어데로 가다가 이래 됐심니꺼?"

하고 물으니, 대답이 그래.

"운문사 가는 길에 있는 매전이라 카는 동네로 가는 길인데, 고마 길을 잘못 들어 이래 됐심더."

근데 머시 좀 이상해. 얼른 보기에 여자는 여잔데, 목소리가 우째 좀 걸걸한 것 같기도 하고 어깨가 쪼매이 벌어진 것 같기도 하고 그래. 하필 신랑도 없지 소 판 돈까지 묻어 놨지, 들어오라는 말이 수이 안 나와.

그래서 신랑 없다는 소리는 일부러 안 하고 얼라를 둘러댔어.

"아이고, 딱한 사정이야 잘 알겠지만 우리 집에는 얼라까지 세 식구가 한 방에서 자는데 저 아래 좀 너른 집에 한번 가보면 어떻겠심니꺼?"

이 카이,

"괜안심더. 방이 좁으면 헛간에라도 재워만 주이소. 내일 날이 새면 식전에 바로 길을 나설 낍더."

또 이 카면서 착 달라붙네. 찜찜하고 왠지 좀 섬뜩해. 그래도 할수 있나, 그때는 해거름에 찾아오는 과객을 쫓아내거나, 밤에 사람

을 한데다가 재우는 일은 없었거덩. 색시는 속으로 하필 이 양반은 이럴 때 집을 와 비우노 싶었지만, 내색을 할 수가 있어야지. 그라고 또 여자고 하이 맘이 쪼매이는 놓이기도 해. 그래서 고마 적선하자 싶어서 떡 방으로 들였네.

방에 들어오더니 그 아낙네가 그러는 기라.

"저녁 요기는 오다가 우째우째 했으니 내 때문에 호롱불 킬 것 없심니더. 고마 자입시더. 지는 웃목에 옷을 입은 채로 누워 눈만 살짝 붙였다가 날이 새면 바로 떠날 낍니더."

이 카민서 마 지 들고 온 보따리를 베고 드러누워. 그래서 할 수 없이 고마 어린 아까지 세 사람이 한 방에 누웠어. 눕긴 누웠는데 잠이 올 리가 있나? 신랑은 이웃집으로 잠시 놀러 갔다고 둘러대긴 했지만, 이 밤중에 돌아올 리도 없고 색시는 자꾸 가슴이 콩닥콩닥 해.

이리 뒤척 저리 뒤척 하다가 살풋 잠이 들었는데, 색시 귀에 무슨 달그락달그락 하는 소리 같은 게 들리는 기라. '아이고, 이 기 무신 일이고?' 퍼뜩 눈을 떠 보이, 세상에 이런 날벼락이 있나, 방 안은 깜깜한데 웃목에 자던 그 아낙네가 일어나 앉아 가만가만 방안 반닫이에 손을 대고 있네. 대번에 가슴이 펄떡펄떡 눈앞이 노래져. '이걸 우짜노, 세상에 이걸 우짜노!'

소리는 못 내고 누워서 아무리 생각을 해 봐도 손에 땀만 나고 무슨 묘책이 없어. 머리채를 움켜잡고 힘으로 한바탕 우째 해 볼라 캐도 엄두가 안 나고, 또 그리 대들어 본다 해도 옆에 누워 있는 핏덩이가 우예 될지 모르겠고, 소리를 지르자니 이웃집도 멀고….

할 수 없이 눈은 똑바로 뜨고, 음음 부시럭부시럭, 잠 깨이는 소리를 좀 내 봤어. 그러이 그 아낙네가 반닫이에서 좀 떨어져서 가만히 웅크리고 있어. 그래 한참 있더니 웬걸 다시 반닫이를 만지네. '하이고, 소 판 돈은 마 이래 뺏기고 마네! 이를 우야겠노, 우야겠노!' 낙담만 하고 있는데, 옆에 있는 얼라는 세상모르고 새근새근 잠만 자고 있는 기라.

그래도 우리 편 식구라고는 아 밖에 없으이 할 수 있나, 이불 밑으로 그 고사리 같은 얼라 손을 한번 잡아봤지.

그런데 그 순간, 삼시랑 할매*가 시켰는지 우쨌는지 고마 좋은 생각이 하나 탁 떠올라. '그래, 그래라도 한번 해보자!' 단단히 마음먹고 자던 얼라 허벅지를 슬며서 꼬집었네. 꼬집으이 자던 얼라가 그만 징징거려. 윗목을 쳐다보니 그 아낙네는 또 반닫이에서 좀 물러나 앉아 가만히 엎드려 있어.

한참 만에 또 얼라 허벅지를 슬며시 꼬집었네. 또 영문도 모르는 얼라가 잉잉 잠을 깨. 그때사 새댁도 자던 목소리로 그랬지.

"아이고, 야가 어젯밤에도 그렇디만은 오늘도 이 카네, 또 경기를 하는가베. 자장자장…."

이번에는 웃목을 쳐다보면서 아 허벅지를 모질게 콱 한 번 더 꼬집었어. 인자 아가 징징거리는 게 아이고 갑신 듯이 우왕 우는 기라.

---

* 삼시랑할매: 삼신할머니. 출산, 육아, 산모의 건강을 담당하는 토속신앙의 가신.

우리 민족의 원조 반려동물 소 이야기

아무것도 모르는 그 얼라가 불쌍도 하지만, 그래도 할 수 있나 방법이 그것뿐인데. 일이 그리되자, 인자는 그 아낙네가 가만가만 자는 것 맹키로 도로 눕네. 그때 새댁이 일어나 앉으며 완전히 잠이 깨인 목소리로 그랬지.

"아이고 미안시럽구로, 야가 손님이 오는 날 또 이래 경기를 하네. 오밤중인데 저 아래 동네 의원님이 아무래도 주무실 낀데, 우예 오늘밤에도 또 깨우겠노? 마당에 나가 찬바람이라도 한번 쐬고 오자."

이러면서 아를 그만 두디기*를 둘러 업었네. 업으면서 또 얼라를 콱 꼬집었어. 그러이 영문 모르는 아는 자꾸 숨 넘어갈듯이 떨꺽떨꺽 우는 기라. 그때 새댁이 또 그래.

"불을 키면 손님이 잠을 못 잘 끼고, 아무래도 안 되겠다, 마 우리끼리 조용히 좀 나갔다가 오자. 자장자장…"

이 카민서 방문을 열고 밖으로 슬며시 나섰네. 나서면서 보이 그 아낙네는 그 난리에도 모로 누워 코를 고르륵고르륵 골며 세상모르고 자는 시늉을 하고 있어.

됐다 싶어, 새댁은 그 길로 한참 떨어진 그 마실에서 젤로 가까운 집으로 달려 내려가 여차저차한 사정을 알렸거덩.

새댁이 아를 업고 다시 집으로 돌아오고 나서 얼마 안 있자, 고마 그 마실 힘센 장정 서넛이 색시집 마당으로 확 들이닥쳤지.

들이닥쳐서 불을 키고 수건을 벗기고 보이 세상에나, 그 아낙네는

아낙네가 아니고 멀쩡한 남자라. 여장 남정네란 말이라. 저녁 때 안고 온 보따리를 뒤져 보이 그 안에는 한 뼘이나 될 듯한 새파란 칼도 한 자루 들어 있고.

그런데 다음 날 아침, 급히 기별을 넣어 신랑이 허위허위 집으로 돌아왔는데, 그 강도 늠을 딱 보더니 대번에 누군지 알아봐. 며칠 전 밀양 장날 소전껄 국밥집에서 자꾸 형씨형씨 하면서 들러붙어, 소는 얼마에 팔았는지 어디에 사는지 꼬치꼬치 캐묻던, 덩치는 작아도 왠지 눈길이 안 좋아 보이던 그 껄렁패 늠이라.

하늘이 무너져도 솟아날 구멍이 있다꼬, 참 그 젊은 새댁이 꾀도 많고 간도 컸던 기라. 여장부였던 기라.

11. 살신보은

옛날 고릿적 어떤 마실에 농사꾼 하나가 살았는데, 가실*을 다 해 놓으이 인자는 할 일이라고는 산에 가서 나무해 오는 일이 전부라.

하루는 아침을 묵고 지게를 지고 저 뒷산에 나무하러 끄덕끄덕 올라갔거덩. 가는데, 길가에 있는 큰 넙덕바우 우에 생전 처음 보는 어떤 스님 하나가 양반다리를 하고 앉아 무신 책 같은 거를 떡 피 놓고, 펄럭펄럭 책장을 이리저리 넘기면서 머라꼬머라꼬 중얼중얼 하고 있는 기라.

무신 소린가 싶어서 가차이 가 봤어. 자꾸 가차이 가는데도 그 스님은 사람 오는 줄을 몰라. 그래 가만히 몇 마디 들어 봤지. 들어보이 그 소리가 참 가관이라.

"안마 맨 웃집에 사는 홀애비 영감은 시월 그믐밤에 잡아 묵고, 요 고개 너머 평촌댁이 메누리 새댁은 올 동짓달 초사홀에 잡아 묵고, 저 건너 서당골 김 첨지는 내년 정월 스무이레날 밤에 잡아 묵고…."

화들짝 놀란 나무꾼이 그때사 어험어험 인기척을 하이, 스님은 책

---

* 가실하다: 추수하다, 거을걷이를 하다

우리 민족의 원조 반려동물 소 이야기

을 황급히 덮으면서 시치미를 뚝 떼고 바로 앉아. 스님 말이 하도 기가 안 차 나무꾼이 물었지.

"스님예, 조금 전에 책 보면서 한 말씀이 도대체 무신 뜻입니꺼? 그라마 그 사람들 정말 다 죽는단 말씀입니꺼?"

스님도 아차 싶었던지 보던 책을 바랑 안에 쑥 집어넣어 버리고, 먼 산만 치다보면서 딴청만 부리고 있어.

"아이구 처사님, 처사님이 잘못 들었겠지요, 소승이 무슨 소리를 했다고…"

아무래도 낌새가 수상쩍다 싶었던 나무꾼은 지게를 벗어던지고 그만 넙덕바우 앞에 대뜸 머리를 조아렸지. 그리고 빌고 또 빌었어.

"스님예, 스님 말씀이 농담입니꺼, 진담입니꺼? 저 고개 너머 평촌댁이 메누리는 제 바로 손아래 여동생인데, 인자 시집가서 아들 하나 딸 하나 낳고 일 잘하고 시부모 모시며 살고 있는데, 나이도 인자 서른도 안 됐는데, 동짓달 초사흘이라 카마 한 달밖에 안 남았는데, 정말 그래 되는 깁니꺼? 스님예, 이왕지사 제가 들었으이 바른대로만 좀 가르쳐 주이소. 사람 하나 살리 주이소!"

"어허, 심심해서 혼자 해본 소린데 처사님도 참, 마 가던 길이나 가시지요."

"아입니더 스님, 제가 이 두 귀로 똑똑히 들었심더. 그 사람들이 정말 그 날 그 시에 그래 되는지 제발 한 마디만 해 주이소!"

나무꾼이 하도 스님 장삼 자락을 붙들고 늘어지는 바람에 그만 그 스님도 어쩔 수가 없었던 기라.

"허허, 내 잘못이로다. 내가 처사님 올라오는 줄을 어찌 몰랐을꼬? 이것도 다 처사님 여동생 사주팔자인가 보오. 그러면 먼저 내 본래 모습을 보여 드리리다, 놀라지 마시오."

이러면서 앉아 있던 넙덕바우 우에서 그만 공중제비를 두어 바쿠 돌면서 밑으로 풀쩍 뛰 내려.

그런데 참 괴이한 일이라. 세상에 바우 우에 있던 사람은 분명 스님이었는데, 땅바닥에 서 있는 거는 꼬리가 두어 발이나 되고 눈이 화등잔만 한 큰 범이라. 산신령이지. 공중제비를 돌면서 바우 우로 휙 다시 뛰올라 가이 인자는 내나 그 스님이라. 바랑 속에 있던 책을 꺼내 비 주는데, 이름이 '수명록(壽命錄)'이야.

그러면서 얘기를 한단 말이지. 자기는 사실은 이 산 산신령이고 또 염라대왕 심부름꾼이라고, 그리고 책 피 놓고 이름을 불렀던 그 사람들은 다 정해진 그날에 자기한테 호식을 당할 사람들이라고, 처사님 여동생도 이 달 시월 끝나고 동짓달 초사흘 밤이 되면 이웃으로 밤마실 나갔다가 자기를 만나게 돼 있다고, 모두 정해진 수명이 딱 거기까지인 사람들이라 어느 누구도 어쩔 수가 없다고….

더욱 놀란 나무꾼이 인자는 눈물 콧물 다 흘리면서 스님 발등에 이마를 대고 빌었지.

"제 말이 맞네예 스님예, 제발 우리 여동생 좀 살려 주이소! 제발 우째 명을 조금만 더 잇사 주이소! 스님예, 차라리 그날 이 몸을 잡아 가고 우리 동생은 살리 주이소! 스님예, 산신령님예, 엉엉, 제발…."

울며불며 안겨드는 나무꾼 모습이 하도 측은하고, 또 자기도 잘못한 기 통 없지는 않았던 터라 한참 만에 그 스님이 입맛을 쩍쩍 다시며 입을 열어.

"그러면 처사님은 묻지도 말고 무조건 내 시키는 대로 할 수 있겠소? 있다면 나도 염라대왕 눈을 한 번만 슬쩍 속여 보겠소만."

"스님예, 무슨 말씀을 그래 하십니꺼? 우리 동생을 살릴 수만 있다면 스님 말씀 백 번 천 번도 더 듣겠심니더. 우짜든지 길을 가르쳐만 주이소, 예!"

"그렇다면 이렇게 한번 해 보시오. 다가오는 동짓달 초사흘에는 점심을 먹자마자 여동생을 친정으로 불러들여 방 안에 딱 가둬놓고 자물통을 채운 뒤 무슨 일이 있어도 바깥출입을 시키지 마시오. 알았소?"

"예, 스님."

"또 마당에는 멍석을 깔고서 그 위에는 큰 버지기* 하나를 갖다 놓고 그 버지기 안에는 집에서 할 수 있는 제일 맛있는 음식을 수북하니 퍼 내놓고 기다리시오. 마당이 어둑어둑할 때쯤이면 집안이 영 소란해질 테지만, 어쨌든 여동생을 잘 지켜야 하오. 마당에 내놓은 음식은 아주 정갈하게 아주 맛있게 해야 하고…"

"아이구 스님, 그렇게 하겠심더, 꼭 그렇게 하겠심더! 스님도 우리 여동생 목숨을 꼭 잇사만 주이소!"

---

* 버지기: 전이 낮고 펑퍼짐하게 생긴 옹기 그릇

"흐음, 우리가 오늘 여기서 만났다는 말은 그 어디에도 하지 마시오."

"예에, 예, 산신령님!"

그래 고마 그 나무꾼은 나무고 뭐고 일이 손에 안 잡혀 집에 내려왔는데, 그러구러 하루 이틀 지나고, 열흘 보름 지나고, 고마 동짓달이거덩. 그리고 또 그만 초사흘이야.

점심때가 지나자, 나무꾼 오빠가 부모님이 위독하다고 기별을 넣자 여동생이 깜짝 놀라 부랴부랴 친정으로 달려왔네. 오자, 가타부타 말도 없이 건넌방에 가둬버렸어. 가두고는 문에는 쌀뒤주에 채우는 큰 자물통을 철컥 채워 버린 기라. 자물통만 채운 기 아이라 그 우에 굵은 나무로 빗장을 지르고 대못까지 쾅쾅 박아버렸어.

여동생은 대관절 이기 무신 짓이냐고 울고불고 오빠를 원망하고 난리를 쳤지만, 나무꾼은 어금니를 꽉 깨물고 귀를 막았어.

그라고 나서 동짓달에 제일 맛있는 기 머꼬 가만히 생각해 보이 그거는 팥죽이라. 그 해 수확한 해팥을 잘 씻고 햅쌀을 맷돌에 곱게 갈아 맛있는 팥죽을 한 솥 끓였네. 먹기 좋게 미지근하게 식혔어.

해거름이 되자 그 죽을 버지기에 처먼하게* 담아 마당에다 척 내놓고, 소란한 일이 무신 일인가 싶어 기다리는데, 자꾸 가슴은 벌렁벌렁 얼굴은 뜨끈뜨끈 해져.

그렇게 기다리고 있는데 날이 쪼맨치 더 어두버지이, 어른 키만큼

---

* 처먼하다: 그득하다

높은 담 너머에서 뭐가 크고 시커먼 것이 하나 찬바람을 확 몰고 마당으로 쿵 날아 넘어오네. 오더니, 대번에 팥죽 버지기에 가서 쭉쭉 서너 번 만에 그 팥죽을 다 먹어치워.

그러더니 영 배가 덜 차는지 맛이 없는지, 크고 시커먼 그놈은 정지에도 기웃, 고방에도 기웃, 뭘 더 내놔라 하는 눈치야.

바로 그때 방에 가둬 놓은 나무꾼 여동생은 바깥으로 나올라고 발버둥도 그런 발버둥이 없어. 울고불고, 벽을 주먹으로 치고 손톱으로 긁으니, 문짝이 삐걱삐걱 집이 흔들흔들 해.

나무꾼은 아차 싶었어. 대접하는 음식치고는 팥죽이 조금 야박했던 기라. 그런데 그만 시커먼 그놈이 나무꾼 여동생 가둬놓은 방문 앞 축담*으로 풀쩍 뛰 오르네. '아이고메, 인자 우리 여동생은 죽었네!' 나무꾼은 다리에 힘이 쑥 빠지고 눈앞이 캄캄해지는데, 아 글쎄, 그때 송아지를 낳은 지 얼마 안 되는 큰 암소 매 놨던 그 집 마당가 소 마구에서 쪼매난 네 발 달린 것이 하나 지 발로 쪼작쪼작 걸어 나오네.

그걸 보자 그만 시커먼 그늠이 그 어린 것한테 확 달려들어 모가지를 물더니, 바람 같이 담을 넘어 사라지고 말아. 그 순간, 방 안에 갇혀 있던 나무꾼 여동생은 땀을 비 오듯이 흘리면서 혼절을 하고 말았고.

그런데 희한한 일이라, 다음날 아침에 일어나 보이 마구간에는 송

---

* 축담: 돌과 흙을 섞어 쌓은 좀 높은 땅. 마루 앞에 있는 마당보다 조금 높은 지대.

아지 없는 에미소만 덜렁 남았는데, 그 암소는 움메움메 울지를 않고 눈물만 뚝뚝 흘리고 섰는 기라. 그 나무꾼도 소를 끌어안고 한참을 울었어.

그 얼라 같은 송아지가 멀 알았겠노, 에미소가 그래 시켰던 기지. 주인네 식구 살릴라꼬 지 새끼를 내놨던 기지.

그라고 아참, 그 일이 있고 나서 남들은 다 환갑이 될깡말깡 해서 북망산천 떠났는데, 그 나무꾼 여동생은 증손자 고손자 다 보민서 오래오래 살았다 카제, 아마?

12. 소 귀신

우리 소시 적에 이 근방 어느 마실에서 있었던 일이라 카데. 술 좋아하고 친구 좋아하는 영감쟁이 하나가 새벽밥을 묵고 밀양장에 소를 팔러 나섰거덩. 그라이 할마시가 가만히 있나, 영감 등 뒤에다 대고 캤어.

"보소, 소 팔리거덩 함부래 어정대지 말고 쌔기* 집으로 오세이! 늠의 말 또 귓등으로 듣지 말고…"

영감도 내나 그 장단으로 대답하민서 소를 몰고 집을 나섰어.

"에헤이 또 그늠의 잔소리, 비밍이나** 알아서 하까봐."

그러고 나서는 고마 해가 달고, 점심때가 지나고, 한낮이 지나고, 해거름이 됐는데 우째 참새가 방앗간을 지나치겠노? 같이 갔던 한 동네 사람들은 장보고 다 왔는데 이 영감쟁이는 소식이 없어. 고마 해가 꼴까닥 지고, 하늘에 별이 포똑포똑 돋는데도 감감 무소식이라.

소가 안 팔리마 그 소 다부*** 몰고 올 끼고, 소가 팔렸으마 소 판

---

*   쌔기: 서둘러, 재빨리
**   비밍이나: 어련히
*** 다부: 도로

돈을 바뿌재*에 돌돌 말아서 허리춤에 단디이** 묶고 더 일찍 와야 할 낀데 말이라.

"아이고 야들아, 내가 그래 신신당부를 했는데도 또 너그 아부지가 술병이 도졌는갑다, 소 판 돈 다 뺏기는갑다, 어서 가보자."

그 집 식구들이 있는 불이라 카는 불은 다 밝히 들고 찾으러 나섰어. 밀양장 가는 길을 되짚어 가민서 막 불렀어.

"여보소!"

"아부지예!"

"할배요!"

그래 한참을 가다보이, 빈지소 일본늠들이 뚫버 놓고 간 그 컴컴한 굴도 지나고, 방천맥이 구찔 마실도 지나고, 옛날 칼 들고 추는 춤이라 카마 따라올 사람이 없었다 카는 그 운심***이라 카는 기생 묏등이 있는 굴벵이 칭덤**** 밑에꺼정 갔거덩.

그래 가다 보이, 어라 저 앞 질 옆 나락 다 빈 논에 머시 하나 희끄무레한 기 누버 있는데 꼭 허새비 같기도 하고 사람 같기도 해.

"어, 저기 뭐꼬?"

얼릉 뛰가서 보이 아이구야, 그 기 바로 그 집 영감쟁이라.

"아이고, 내가 몬 산다 몬 살아! 이기 무슨 난리고, 엉?"

"아부지요, 얼릉 일나소!"

---

*　　바뿌재: 보자기
**　　단디이: 야무지게, 빈틈없이
***　운심: 밀양 출신 기생으로 조선 후기 검무의 일인자.
**** 칭덤: 바위 절벽, 벼랑

우리 민족의 원조 반려동물 소 이야기

흔들어 봐도 깨워 봐도 대답이 없어.

그런데 우짜다가 그리 됐뿐는공, 몰골이 말이 아니라. 신도 없고 옷고름도 떨어지고, 여기저기 긁히고 째지고 피딱지가 앉아서 딱 송장 꼴이라.

그래도 참 다행인 기 숨은 붙어 있고, 가슴패기를 더듬어 보이 소 판 돈 전대도 그대로 지니고 있어.

"아이구 그라마 됐구나, 야야 너그 아부지 어서 업어라."

힘센 아들 하나가 영감쟁이를 덜렁 업고 집으로 와 가지고 밤새도록 더운물로 몸도 닦아주고 미음도 떠먹이고 하이, 그 다음 날 아침에 정신을 채리더라 카데. 그런데 정신 채린 영감쟁이가 하는 말이 참 가관이라.

금이 안 맞아 파장 직전에야 소를 팔아, 소 판 돈 단단히 지니고 삼십 리 어두븐 길을 뒤도 안 돌아보고 걸어 범북고개 넘고 신안 마실도 막 지나오는데, 각중에 그 영감쟁이 귀에 소전껄에서 늠의 손에 이까리 넘기 주고 온 저그 소가 움메움메, 어디서 자꾸 울고 있어.

그란데 휘휘 둘러봐도 아무것도 안 보인단 말이라. 아이고, 내가 잘못 들었겠지 그럴 리가 있나 카민서 그냥 또 바삐 걷는데, 인자는 저 앞에 다리 네 개 달린 커다란 짐승이 하나 걸어가고 있어. 영감쟁이가 눈을 비비고 살피보이 아뿔싸, 소전껄에서 저 단장면 어데라 카던공 그게 사는 사람한테 팔아넘긴 저그 소가 이까리를 땅에

잴잴 끌고 영감쟁이보다 쪼매이 앞서서 저만치 가고 있네.

그때 퍼뜩 영감쟁이 드는 생각이, '맞다, 우리 소가 늠의 손에 끌리가다가 우리 집이 보고 싶어서 내가 보고 싶어서 그만 도망쳐 왔구나.' 그래 생각이 드이 마, 영감쟁이가 술이 확 깨이는 기라.

그때부텀 영감쟁이는 소를 자꾸 불러세우면서 따라갔어.

"야 이늠의 소야, 나도 니가 보고 싶더만은 니도 내가 보고 싶더나? 거 섰거라 이늠의 소야, 내하고 같이 가자. 오늘 밤은 우리 집에서 내하고 같이 자자, 낼 느그 새 집에 델다 주꾸마!"

근데 이상도 해. 소 이까리를 잡을라꼬 아무리 따라가도 종종걸음을 쳐도 소는 저만치 가고, 워워 불러세워 봐도 그렇게 말 잘 듣던 소가 도통 설 생각을 안 해. 나중에는 안 되겠다 싶어서 이까리를 붙잡을라꼬 뛰가서 엎어져 봐도 또 소는 저만큼인 기라.

하이고야, 그런데 이늠의 소가 희한해. 영감쟁이가 못 따라오면 쪼매이 서 있다가 가고, 다 따라붙었다 싶으마 또 저만치 가뿌고 이캐, 꼭 애닳구는 거 맨치로. 영감쟁이는 더 애가 달아 인자는 신이 발에 붙어 있는지 없는지도 모르고 자꾸 뛰고 엎어지고 그랬거덩.

그 카다 보이 가슴이 펄떡펄떡 숨도 차고 땀도 나고 그래. 한참을 그 카고 있는데, 인자는 소가 질도 없는 늠의 밭둑으로 논둑으로도 막 들어가 뿌네.

"아이고 이늠의 소야 일로 나오너라, 와 이 좋은 질 놔두고 거로 가노? 거로 가노,엉? 여가 질인데…"

영감쟁이도 밭둑논둑으로 허부적허부적 자꾸 소를 쫓아가고 또

쫓아갔는데, 무신 영문인지 그 카다가는 고마 아무것도 생각나는 기 없어. 깨 보이 우째 왔는지 자기 집 안방이라.

저그 아부지 말이 하도 이상타 싶어 영감쟁이 아들 중에 누가 단장면 쪽으로 우째우째 기별을 넣어봤다 카네. 넣어 보이, 소 사간 그 사람 하는 말이 그렇더라네.

"무신 소립니꺼? 그날 밀양장에서 소 사서 집꺼정 아무 탈 없이 잘 몰고 왔는데예. 그라고 지금도 우리 소는 저래 마구간에 잘 있는데예."

그 이바구 들은 영감쟁이 이웃 사람들은 누구나 빈지소 쪽을 쳐다보면서 그 캤다 카데.

"아이고 무서버라, 인자는 소 구신꺼정 나오는가베!"

동네 사람들이 아무리 그 캐싸도 그 영감쟁이 할마시만은 들은 척도 안 하더라네.

"소 구신은 무신 늠의 소 구신, 술이 구신이지!"

이 카민서 코웃음을 치고 말더라네.

13. 소 내기(1)

옛날 한 마실에 떠거머리총각 둘이 살고 있었는데 그럴 수 없는 친구지간이라. 하나는 성이 이가고 또 하나는 박간데, 둘 다 몸도 실하고 일도 잘하고 사람도 좋았지만 나이 서른이 다 돼 가도록 아직 미장가라.

왜 그런고 하이 이 둘은 뻐뜩*하면 내기를 걸었거덩. 밭에서 일하다가 호멩이**도 걸고, 산에 가서 나무해 오다가 나뭇짐도 걸고, 장에 댕기 오다가 반찬도 걸고, 그 카다가는 장개가서 마누라도 걸 판이라. 그러이 살림이 늘 리가 없고, 어데 혼사가 들어와도 색시집에서 고개를 절레절레 흔든단 말이야.

그라고 야들은 절대 흰소리를 하는 성미가 아니라. 내기로 무얼 걸어도 반드시 주고받는 것은 똑 부러지게 매듭짓는 사람들이라.

그런데 어떤 여름날, 이 이가와 박가가 한낮에 이웃한 논밭에서 소를 부리며 일을 하다가 근방에 있는 나무 그늘에서 잠시 같이 땀

---

*   뻐뜩하면: 걸핏하면
**   호멩이: 호미

을 식히고 있는데, 고마 또 그 내기 거는 버르쟁이*가 도져 버렸어.

그날 날씨를 두고 이가가 혼잣말로 그랬어.

"개구리가 저래 꺅꺅 울어쌌는 거 보이 우째 좀 심상찮다. 아매도 오늘 중으로 비가 올랑갑다."

옆에 있는 사람이 머라 캐도 가만히 듣고만 있으면 고만인데, 박가가 그걸 참지 못하고 냉큼 되받아쳤어.

"무신 소리! 하늘 바라, 저래 새파란데 비는 웬늠의 비!"

"아이다, 두고 바라, 저래 개구리가 대낮에 울어대면 비 안 올 때가 없더라."

"개구리야 심심해서 울지 어데 비 온다고 우나?"

그렇게 둘이서 한참을 옥신각신하다가 그라마 우리 내기 걸자 이래 돼 뿐 기라. 이가가

"머를 걸꼬?"

카이, 박가가 대뜸

"우리 걸라 카마 오늘만큼은 한판 왕창 걸어보자. 소는 어떤노?"

이래 맞받았거덩. 이가도 내기라면 지고는 못 살아.

"그라마 됐다, 오늘 저녁답 일 마치고 집에 갈 때꺼정 비가 오면 니 소를 내가 하고, 비가 안 오면 내 소를 니한테 주꾸마 됐나?"

카이, 박가도

"조오치 됐다!"

---

* 버르쟁이: 버릇

우리 민족의 원조 반려동물 소 이야기

이래서 내기치고는 엄청 무서분 내기를 걸어 뿐 기라.

그래저래 종일 일을 하고 집에 갈 때가 다 돼 가는데 비가 올 조짐이 영 없어. 이가 얼굴은 좀 붉그락푸르락 하고 박가 얼굴은 화색이 돌고 있는데, 사람 목숨하고 날씨는 하늘이 주관하이 아무도 모를 일이라, 둘이서 소 이까리를 풀어 오고 일하던 연장을 막 주섬주섬 챙겨 바지게에 얹어 일을 끝내려는 찰라, 고마 난데없이 저 산 너머에서 시커먼 먹구름이 꽉 끼고 주위가 어둑어둑해지는 기라. 어라 이기 무신 조화고, 주위를 둘러보이 벌써 저 앞산 한 자락이 뿌옇게 가려져 안 비는 기라. 박가는 느닷없는 일기 변화에 낭패도 그런 낭패가 없어.

"어, 이거 비 아이가…."

이가는 힐끗 박가 소를 쳐다보며 의기양양하게 그랬어.

"내 머라 카더노? 한낮에 개구리 울면 비 온다 안 카더나? 호호흐…."

아니나 다를까, 쪼매이 있으이 우르릉 쿵쿵 하늘까지 막 울더니, 곧바로 장대 같은 빗줄기가 확 덮치는 기라. 머, 이건 비가 온다 안 온다 칼 끼 없어.

그렇게 잠시 잠깐 곰방대 담배 한 대 피울 동안을 들입따 따라부치더니*, 인자는 언제 그랬냐는 듯이 고마 비가 뚝 그쳐. 그치더니 하늘까지 본래대로 새파래.

---

* 따라부치다: 세차게 쏟아지다. 마구 퍼붓다

참 세상 일이 희한한 기라. 마른하늘에 날벼락이라 카더만은, 멀쩡하던 날씨가 그래 변하고 보이 우짜 것노, 박가가 고마 몇 년 키운 큰 소를 친구한테 뺏기뿐 기지. 내기 중에서도 상내기에서 진 기지.

그런 일이 있고부터 그 마실 사람들은 여름에 갑자기 우르르 쿵쿵 요란하게 쏟아지다가 뚝 그치는 비가 오마 '소내기' 온다 캤지.

14. 소 내기(2)

또 그전에 우리 이 근방 한 마실에 사람들이 살았는데, 그 마실 남자들은 모두 술꾼 술고래들이라, 너나없이 자다가도 술이라 카마 벌떡 일어나는 사람들이라.

하루는 때마침 여름이라 저녁을 묵고 이 동네 남정네들이 동네 어귀 당산나무 밑에 있는 평상에 둘러앉아 바람을 쐬고 있는데, 머 할 끼 따로 있나 또 술이라. 추렴한 돈으로 탁주 몇 되 받아다 놓고 홀짝홀짝 마시면서 노는데, 아는 기 술이고 만만한 기 술이고 무본 기 술이라, 해쌌는 이바구도 매양 또 그놈의 술 이바구가 다라.

술 이바구 중에서도 자기 술 배 자랑이라. 아무 날 장터 주막집에 가서 전배기* 두 되 마시고, 누구네 잔칫집에 가서 청주 반 되 마시고, 또 어데 초상집에 가서 밤새도록 퍼 묵고….

그 카고 있는데 이 마실에도 내기라 카마 눈에 불을 키고 덤벼드는 사람이 하나 있었던 기라. 이 사람이 불쑥 내띠서면서** 그 캤어. 아까부터 지가 이 마실에서 술이 젤로 세다고 뻑뻑 우기 쌌는 홀애비로 사는 어떤 남정네 하나를 보고,

---

*　전배기: 물을 전혀 타지 않은 술
**　내띠서다: 불쑥 나서다

"행님요, 오늘은 우리 이 카지 말고 정말로 행님이 우리 동네에서 술이 젤로 센 긴지 아인지 내하고 행님하고 진짜배기 술 우리 동네 유천소주*로 내기 한번 해보면 어떻겠능교?"

그 홀애비 남정네도 끓릴세라 냉큼 맞받아쳤지.

"좋다, 조오치! 함 해 보자! 그런데 멀로 얼매나 마시면 되꼬?"

"이런 탁배기는 좀 싱겁지요. 술이라 카마 그래도 소주라야 술 축에 안 끼겠능교? 그리고 아무리 소주라 카지만 한 잔 두 잔, 한 홉 두 홉을 묵고 우째 술을 마셨다 카겠능교? 마 한 되는 마시야 술꾼 소리를 듣지요."

"까짓것 술통을 지고는 못 가도 묵고는 간다 안 카더나, 됐다! 받 아마 도고. 소주 한 되 그 기 무신 술이가?"

"좋심더, 두 말하기 없깁니더!"

"내가 입이 비틀어졌나, 두 말하구로."

그 질로 냉큼 누가 강 건너 유천장터 주막집으로 뛰가서 외상 달 아놓고 소주를 한 되를 들고 와서는 그 술꾼 앞에 척 놓았거덩.

그라고는 또 한 번 여러 마실 사람들을 증인 삼아 약조를 하는 것이, 만약 앉은자리에서 이 소주를 안주 없이 다 묵고 지 발로 집 으로 걸어가서 내일 식전아침에 지게 지고 풀 한 짐 비서 이 당산나 무 밑으로 또 지 발로 걸어 나오면 마신 사람이 이긴 걸로 하고, 애 초 내기를 걸자고 한 사람은 술값을 치르고 거기에다 자기 집 송아

---

* 유천소주: 예로부터 경상북도 청도군 유호동, 경상남도 밀양시 상동면 옥산리 일원에서 제조해 오 던 증류 소주. 불 냄새가 살짝 나고 도수가 높아 아주 귀한 대접을 받았다.

지 한 마리까지 얹어 준다, 만약 마신 사람이 그리 못하면 또 술값을 치르고 자기 집 송아지 한 마리를 내준다….

드디어 그 홀애비 술꾼은 큰 사발에다가 서너 번 나눠 부어서 그 독한 소주를 벌컥벌컥 앉은자리에서 보기 좋게 다 마셔버렸어. 그라고는 어험어험 기침 두어 번 하더니 휘적휘적 자기 집으로 걸어가 버렸어. '햐, 과연 술이 세긴 세구나!' 다들 눈이 휘둥그레졌지.

그래 헤어지고 다음 날 아침이 됐어, 됐는데 동네 남정네들은 결말이 궁금해 모두 당산나무 밑으로 웅성웅성 몰리 드는데도 아, 그 술꾼은 아무 기척이 없네.

우찌 됐나 싶어 그 홀애비 술꾼 집으로 다들 가보이, 글쎄 그 사람 잠버릇이 참 고약해. 웃통을 활짝 벗어던진 채 방문 앞 축담에 죽은 듯이 엎드리서 한뎃잠을 잔단 말이야. 가까이 가 보이 온몸이 벌겋게 터질 듯이 부어올라 있어. 술독이 퍼진 건지 밤새도록 모기한테 뜯기서 그런지….

그런데 아무래도 낌새가 좀 이상해서 자는 사람을 깨워봤어.

"행님요 일나소. 행님이 내기에서 졌구메. 인자 일나소."

"어이 이 사람아, 일나거라. 와 여서 이 카노?"

"…."

흔들어 깨워 보이, 아차차 이기 무신 난리고? 그 홀애비는 고마 몸이 뻐덩뻐덩해져* 있는 기라, 숨이 끊어져 있는 기라.

---

* 뻐덩뻐덩하다: 뻣뻣하게 굳어 있다

홀애비는 결국 그늠의 내기 때문에 그늠의 술 때문에 장개도 몬 가보고 황천길로 떠났뿐 기라. 생각해 바라, 와 안 그렇겠노? 아무리 술이 좋고 소가 좋다 카지만, 소두뱅이* 거꾸로 엎어 놓고 불 때서 한 방울 두 방울 내리는 그 술, 한 잔만 묵어도 목구멍에 불이 화르륵 붙는 그 독한 소주를 그만치 퍼 묵었는데 우예 멀쩡하기를 바랄 끼고?

알고 보면 세상에서 젤로 게으른 늠이 내기 거는 늠이라. 손에 흙 안 묻히고 늠의 물건 늠의 재산 지 손에 지 배 안에 넣을라 카는 늠이라.

---

* 소두뱅이: 솥뚜껑

우리 민족의 원조 반려동물 소 이야기

5 장

소도 울고
사람도 울고

1. 소 사돈 맺는 날

"움메~ 움메에~!"

암소가 한 며칠 목에서 피가 날 것처럼 울고 또 울어대면 그 까닭은 두 가지 중 하나입니다. 먼저 새끼를 떼어 내 팔았을 때, 그리고 암살을 냈을 때.

출산이 가능한 암소는 대략 3주마다 발정기가 찾아오는데 얼른 황소를 못 만나면 밤이고 낮이고 울어대지요. 죽도 풀도 잘 안 먹고 자꾸 어수선하게 나부대고 심하면 다른 암소 등에 올라타기도 합니다. 그때 엉덩이 뒤쪽 꼬리 바로 밑을 살펴보면 좀 부어 있기도 하고 뭐가 좀 나오기도 하고 그렇습니다. 이럴 때 울음을 그치게 할 수 있는 묘약은 이 세상에 단 하나, 풍채 좋고 늠름한 황소뿐입니다. 황소의 그 더운 입김뿐입니다.

온몸이 작신작신 쑤시는 밤에 동네 암소 한 마리가 처절하게 울어대면 사람들 잠자리마저 어수선해집니다. 그래도 누구 하나 소 주인을 타박하지는 않습니다. 대신 누워서도 재까닥 진단과 처방을 내리지요.

우리 민족의 원조 반려동물 소 이야기

"어허이, 저 집 소 새끼도 없는데 와 저 카노? 암살 냈구나."

"그런가베. 낼 아침에는 곰배* 부치야겠네."

소 사돈 맺기는 주로 골목에 아이들 없는 아침나절에 이뤄집니다. 남자 어른들 서너 명이 감나무밭이나 좀 너른 공터에 암소와 황소 둘 다를 몰고 나오지요. 가만히 놓아두어도 소들이 알아서 하겠지만, 아무래도 사람이 슬쩍슬쩍 거들어야 일이 빨리 끝납니다.

특히 암소를 심하게 움직이지 못하도록 전봇대나 감나무 같은 데에 바싹 붙들어 매서 엉덩이가 황소 머리 앞에 오도록 만들어 주는 일이 중요하지요. 그래야 황소도 암소 몸에서 풍기는 냄새를 통해 암소가 자기를 받아들일 준비가 돼 있는지를 판단할 수 있습니다.

결국 황소가 뒷다리 사이에 숨겨놓았던 불그스레한 고드름 같은 그것을 꺼내 들고, 앞발을 치켜세워 암소 등 위에 올라가야 하는데 자칫하면 좀 어린 암소는 황소의 무게와 기세를 못 이기고 빙글빙글 돌거나 주저앉기도 합니다. 그러면 사람이 또 황소 머리가 암소 엉덩이 앞에 오도록 자세를 잡아 주어야지요. 서로 바른 자세만 갖추고 암소가 황소 무게를 잠시만 지탱해 주면 실제로 몸을 섞는 시간은 싱거울 정도로 아주 잠깐입니다. 그래도 소 두 마리는 꽤 힘들어하지요. 아무리 쌀쌀한 아침이라도 황소는 더운 입김을 훅훅 내뿜습니다. 황소가 암소 등에서 내려오면 비로소 누군가 농담을 하며

---

* 곰배: 교미

긴장을 풉니다.

"허허, 이 집 주인은 밤에 힘 못 쓰는데, 소는 아직 까딱없네."

"예끼, 이 사람아!"

이렇게 공터에 어지러운 소 발자국만 남긴 채 소 사돈 맺기가 끝나면 둘러선 사람들은 그냥 헤어지지 않습니다. 이럴 땐 보통 암소 주인이 먼저 입을 열지요.

"아침부터 다들 욕 봤심더. 머라도 한잔 하러 가입시더."

"좋지. 우리 소 사돈 내는 술 한 잔 얻어묵고 집에 가야 안 되겠능교?"

"그라까."

정말 소 사돈 맺기가 성공했는지 어떤지는 대략 스무 날쯤 지나

봐야 압니다. 그때도 암소가 조용히 있으면 새끼가 들어선 것이지요. 사람이 자식을 얻는 일도 그렇지만, 소 사돈 맺기도 마찬가집니다. 암소 황소 둘 다 먹성 좋고 덩치 크고 그래도 막상 소 사돈 맺기는 열에 한두 번쯤은 실패를 하지요.

소 사돈 맺기에 성공하면 정해진 바는 없지만 관례를 따라 암소 주인은 황소 주인에게 다시 얼마간 사례를 합니다. 역시 동네에 황소 한두 마리는 꼭 있어야 할 까닭이 여기에 있습니다.

2. 금줄 치고 정화수 떠다 놓고

소 산달이 다가오면 주인은 멀리 출타하는 것도 삼갑니다. 밤에도 희미한 손전등 하나 머리맡에 놓고 살풋 귀를 열어둔 채 자지요. 어떤 사람들은 조심하느라 남의 초상집에도 잘 안 가고 그럽니다.

어미 소가 송아지를 낳을 때 사람이 해 주어야 할 일은 그리 많지 않습니다. 그래도 산통을 못 이긴 암소는 이리저리 몸부림을 치기도 하니까 고삐가 얽히지 않도록, 바닥에 깨끗한 보릿짚이 넉넉하도록, 송아지가 쉽게 어미 소 몸 밖으로 빠져나오도록 슬쩍슬쩍 거들어 주어야 합니다. 밤에는 불도 하나 밝혀 주면 좋고요.

간혹 어미 소가 밤에 송아지를 낳는 걸 두고 걱정을 하는 사람도 있습니다. 갓 태어나 일어서지도 못하는 그 작고 여린 것을 발이 무려 네 개나 달려 있는 어미 소가 모르고 밟아버리면 어떡하나, 그 엄청난 몸무게 딱딱한 발톱 밑에 깔리면 어떡하나, 마구는 저렇게 좁고 어두운데….

그러나 그건 소를 잘 모르는 사람들의 노파심에 불과합니다. 낮이든 밤이든 달밤이든 그믐밤이든, 어미 소가 모르고 제 새끼를 밟아 죽이는 불상사는 절대 일어나지 않습니다. 그게 바로 생명이고 모성애입니다.

송아지가 태어나면 며느리가 손자를 낳은 것처럼 대문에 금줄을 치고 장독간에 정화수 떠다 놓고 뭐라고뭐라고 비는 사람도 있습니다. 고샅길을 지나다가 새끼줄에 꿰인 것이 고추인지 숯덩이인지를 보고 그 집 소가 뭘 낳았는지 대번에 짐작합니다. 그리곤 덕담도 하고 농담도 하고 그러지요.

"어허이 이 바라. 이 집 소는 또 황송아지 낳았는가베?"

"그런갑네."

"재주도 좋다, 우째 낳았다 카마 황송아지고? 우리 집은 안사람이 얼라를 낳아도, 소가 새끼를 낳아도, 전부 도끼로 꽉 찍어놓은 것들 뿐인데…"

"에라이, 이 사람이 또 사돈 남 말하네. 그기 다 남자나 황소가 하기 나름이라 안 카덩강? 맨날 그래 술만 묵고 헬렐레하는데 우째 머슴아가 생기노?"

"또또, 이 사람이 아침부터 씰데없는 소리를…"

"흐흐흐!"

소도 사람처럼 열 달 만에 새끼를 낳습니다. 송아지는 태어나자마자 탯줄이 끊기고 어미 소가 혀로 핥아줘서 젖은 몸이 좀 마르면 이내 비칠비칠 일어섭니다. 그리고 흔들흔들 걷기 시작하지요. 곧 엄마 젖도 쿡쿡 머리로 들이받아서 빨아 보고, 빠끔히 마구 바깥으로 도 내다보고 그럽니다. 이때부터 어미 소는 제 새끼한테서 눈을 떼지를 않습니다. 귀엽다고 머리 한번 쓰다듬어도 대번에 눈을 부라리며 씩씩대고 뿔을 내젓고 그러지요.

세상에 송아지보다 귀여운 짐승도 드뭅니다. 큰 귀 뿔 없는 그 이마를 가만히 들여다보면 누구라도 환하게 웃지 않을 도리가 없지요. 의심 한 오라기 없이 크고 선한 그 눈엔 모든 것이 다 신기할 뿐입니다. 포르르 날아가는 참새 떼도, 돋아나는 텃밭 모종들도, 흘러가는 봄 하늘 구름도 모두모두 처음 보는 풍경입니다. 담벼락 밑에 핀 노란 호박꽃 속이 궁금해서 입을 갖다 댔다가는 그만 그 안에 숨어 있던 꿀벌에게 코를 쏘여 연방 재채기를 하며 풀쩍풀쩍 뛰는 놈도, 장독대 위 찐 고사리 말리는 광주리가 궁금해 건드려 봤다가 그만 왈칵 쏟아버리는 놈도, 빨랫줄에 하얗게 빨아 널어놓은 너울대는 옷가지들이 신기해 입으로 잘근잘근 씹어보고 흔들어 보는 놈도, 이 세상 짐승 중에서는 오직 송아지 하나뿐입니다.

송아지는 엄마소의 젖도 먹고 주인의 사랑도 먹으면서 부쩍부쩍 자랍니다. 송아지, 정말 이름도 귀엽고 생긴 것은 더더욱 귀여워서 눈에 넣어도 아프지 않을 것만 같습니다.

어허,
누가 이리 삐대* 놨노?

비 그친 텃밭에
아기 발자국

자세히 보니
옴팍옴팍
예쁜 두 발톱

---

* 삐대다: 밟아서 어지럽히다.

3. 코에서 피가 뚝뚝

사람도 짐승도 다 그렇지만, 송아지의 자유와 행복 또한 그리 오래 계속되지는 않습니다. 목에 맨 고삐만으로 송아지를 다루기가 버거워지면 주인은 동네 장정들과 한 며칠 수군댑니다. 그러다가 어느 날 아침, 새벽잠 없는 어른 서넛이 집 근처 빈 밭이나 공터로 송아지를 몰고 가지요. 고삐를 어른 키 높이 정도의 감나무 낮은 가지 같은 데에다 바투 묶어 송아지 머리를 치켜세운 다음 목굴레까지 단단히 잡아주면, 손이 재빠른 한 사람이 불에 소독한 끝 날카로운 대꼬챙이로 송아지 두 콧구멍 여린 데를 사정없이 찔러 버립니다. 송아지는 겁에 질려 음메에 음메에 발버둥 치지만 이번에는 피 줄줄 흐르는 뚫린 콧구멍에 코꾼지를 꿰어 버립니다. 코꾼지는 다시 길고 튼튼한 나일론 줄로 묶고, 묶은 줄은 송아지 이마빼기와 두 귀 사이를 지나 땅바닥에 늘어지게 되는데 이것이 바로 고삐, 즉 우리 동네 말로 '이까리'라는 것입니다.

그러니까 그 집채만 한 소가 작은 아이들 손에도 고분고분 끌려오는 것은, 코꾼지가 고삐에 연결돼 있어 조금만 당겨도 코가 너무 아프기 때문이지요. 아득한 옛날, 누가 맨 먼저 소를 잡아다가 코꾼지 꿸 생각을 다 해냈는지, 참 꾀도 많지만, 한편으로는 야멸친 사람이라 아니할 수 없습니다.

이렇게 너나없이 코꾼지로 소 코를 꿰어 부리다 보니 이것에서부
터 유래한 낯익은 말들도 생겨났습니다. 우선 '코 꿰이다'는 말이 있
습니다. 무슨 작은 빌미를 주어 그 이후로는 그만 꼼짝달싹 못 하
는 사이로 바뀌어버릴 때 흔히 쓰는 말이지요. 누구라도 그렇습니
다. 다들 힘이 있을 때는 짐작조차 못 하지만, 뇌물을 받아 삼키거
나 이권이나 짬짜미에 손을 대는 바로 그 순간이 자신의 코를 다른
사람 앞에 들이미는 짓임을 잊지 말아야 할 것입니다. 또 '코가 세다'
는 말도 있습니다. 처음엔 그랬겠지요. 코꾼지에 꿰였지만, 아직 성
질을 죽이지 못해 고삐 쥔 주인을 쩔쩔매게 하는 그런 소를 이르는
말이었겠지만, 나중에는 의견이나 고집이 남다른 사람을 두고도 흔
히 쓰는 표현으로 굳어져 온 게 아닐까요?

소 먹이는 집이라면 누구라도 늘 코꾼지 한두 개쯤은 준비해 두
어야 합니다. 언제 송아지가 태어날지 혹은 어미 소가 성질을 좀 부
리다가 성한 꼬꾼지를 부러뜨릴지 모르니까요. 코꾼지는 어른 손가
락 굵기보다 조금 가는, 질기고 잘 휘는 나무로 만들어야 제격입니
다. 제일 좋은 나무가 잎이 바늘 같고 키 삐죽 큰 노간주나무, 그 다
음은 느릅나무. 물푸레나무, 다래나무 같은 것들이지요. 이런 나무
를 적당한 길이로 잘라다가 껍질을 벗기고 잔가지도 쳐내고 매끈하
게 만든 다음, 동그랗게 오므려 고정한 후 그늘진 벽에 걸어 놓고 오

래오래 말려야 합니다.

코군지에 꿰이는 순간 이 무슨 날벼락인가 싶어 송아지는 몸부림을 칩니다. 그 천진난만 맑게 빛나던 두 눈도 대번에 어두워지고 말지요. 코가 꿰인 송아지는 다시는 맨몸으로 뛰어놀지를 못하고 늘 갇히거나 말뚝에 매여 지내야 합니다. 그래도 어쩐답니까, 하루 이틀 날이 가면 송아지도 점차 코꾼지를 받아들이지요. 옆에 있는 엄마 소도 서글픈 눈빛으로 코꾼지 받아들이는 법을 온몸으로 가르쳐 줍니다.

한마디로 말에게는 재갈이요, 소에게는 꼬꾼지인 셈입니다.

4. 목돈

닷새마다 서는 장 구경을 빈손으로 갈 수는 없습니다. 자잘하지만 돈 될 만한 것을 들고 가야 합니다. 알곡식 몇 되, 달걀 한두 꾸러미, 산나물이나 채소나 과일 조금, 영 궁색하면 강에 가서 고동을 한 됫박 잡아가든지 산에 가서 나무라도 한 짐 해서 지고 가야 합니다. 그래야 대장간에 가서 연장도 벼리고, 이발소에 가서 머리도 다듬고, 탁주도 한 사발 마시고, 집에 올 때는 자반이라도 한 손 들고 올 수 있지요.

그러나 농사지어 식구들 밥상에 다 올리고 나면 모든 게 빠듯해 그것으로는 돈을 만들기가 정말 어렵습니다. 그래서 앞집 뒷집 친구지간에도 흔히 이런 대화들이 오가지요.

"이 사람아, 급한 일이 생겼다, 돈 한 이만 원만 좀 췌도고!* 얼렁 쓰고 다음 장날 갚으꾸마."

"허허 우짜노, 그래 큰돈이 각중**에 있나?"

"에헤이 그래 쌌지 말고…."

---

* 췌다: 꾸다
** 각중에: 갑자기, 느닷없이

"어허이 이 사람이, 내가 지금 밤에 이불 밑에서 돈을 찍어내는 줄 아는가베. 묵고 죽을라 캐도 그래 큰돈은 없다."

"…"

이렇게 시치미를 뚝 떼곤 하지만, 돈이 아주 없는 것은 아닙니다. 돼지라도 한 마리 실하게 길러 팔거나, 누에고치를 내거나, 이 산 저 산 이 밭 저 밭 감들을 알뜰히 따서 팔거나, 가을 수매장에 나락이라도 몇 가마니 내고 나면 돈푼깨나 생깁니다. 요렇게 이웃들 모르는 사이에 차곡차곡 돈을 모아 자기 앞가림들을 해 나가지요.

그러나 사람이 살다 보면 어쩌다 한 번씩은 목돈이 필요한 때도 닥칩니다. 자식들 시집 장가보내야 할 때, 자식들 대처로 내보내 공부시킬 때, 눈여겨 보아온 논밭이 매물로 나왔을 때….

이럴 때는 몇 날 며칠 밤을 뒤척여보지만 결국은 소 마구로 가서 소를 빤히 쳐다볼 수밖에 없습니다. 마침 젖을 뗀 송아지가 한 마리 있으면 좋겠지만 그게 아니면, 농사철 논밭 갈아엎는 일은 눈치코치 다 봐 가며 이웃집 소에 기댈 요량을 하고서, 겨우겨우 쟁기질 가르쳐 놓은 어미 소라도 내다 팔아야 합니다. 소 금은 생각보다 넉넉해서 큰 소 한 마리 내다 팔고 송아지로 바꾸어도 그 차액은 엄청납니다. 웬만한 일 정도라면 뒷마무리가 깔끔해지지요.

5. 이별, 소전껄 가는 길

　제 새끼를 그리 애지중지하는 어미 소지만, 송아지 뒷다리에 살이 좀 붙고 오물오물 여물도 좀 먹기 시작하면 아주 모질게 젖을 떼버립니다. 송아지가 어미 젖통에 머리를 들이밀 때마다 뒷발로 사정없이 걷어차 버리지요. 그래도 말을 안 들으면 뿔로 들이받기도 합니다. 이제 혼자 힘으로 먹고살면서 이 거친 세상 헤쳐 나가라 이 말이지요.

　결국 코꾼지에 꿰이고, 또 그러다가 송아지가 태어난 지 대여섯 달쯤 지나면 주인은 밀양장 다녀오는 사람에게 소 금을 알아보기 시작합니다. 좁은 마구에 두 마리를 다 키워 낼 수도 없을뿐더러 집 안에 목돈도 필요하니까 말입니다.

　소 팔러 가는 날은 아침 일찍 일어나야 합니다. 그리고 식구 두 사람이 길을 나서면 일이 아주 수월합니다. 한 사람은 앞에서 소를 몰고 또 한 사람은 뒤에서 회초리를 슬쩍슬쩍 휘둘러 주면, 오고 가고 육칠십 리 길을 제때에 다녀올 수가 있지요. 장날 일손이 여의치 않으면 소몰이꾼에게 부탁을 해야 합니다. 소몰이꾼은 밀양 장날마다 얼마간의 돈을 받고 소를 소전껄까지 몰아다 주는 사람입니다.

그냥 밀양장은 영남루 옆에 서지만 소전껄은 거기서 한참 더 떨어진 삼문동 들 한복판에 있습니다. 가 보면 수십 마리 소들이 목이 쉬도록 울어대는 통에 정신이 하나도 없습니다. 집에서는 그렇게 살이 쪄 보이고 뽀얗던 소도 거기 가서 섞여 있으면 그저 그런 소에 불과해서 은근히 부아가 치밀기도 하지요. 소 금 흥정은 좀처럼 쉽게 끝나지 않습니다. 집으로 도로 소를 몰고 오는 사람도 종종 있습니다. 가장자리로 죽 늘어선 국밥집에서 막걸리도 마시고 선짓국도 먹고 하면서 종일 어쨌거나 제 금을 받아보려고 애들을 쓰지요. 해가 설핏해지면 팔 사람도 살 사람도 다들 마음이 급해져서 흥정이 조금은 수월해집니다. 집에서 할 일이 태산인데 닷새 뒤에 또 시퍼런 새벽밥을 먹고 수십 리 길을 나설 엄두들이 안 나는 게지요.

어찌어찌 한 발짝씩 물러나서 흥정이 이뤄지면 마주 선 그 자리에서 시퍼런 백 원짜리 지폐 뭉치를 손가락에 침 발라가며 세고 또 세어본 다음에, 마침내 송아지 고삐 풀어 남의 손에 넘기고 돌아섭니다.

돈이 뭔지 먹고 사는 게 뭔지, 소 사서 몰고 오면 신이 나는데 소 팔고 돌아오면 참 서운하고 서럽고 그렇습니다. 소 팔고 돌아오는 길에 재잘재잘 떠드는 사람은 없습니다. 서로 등만 바라보며 어두운

밤길을 걷고 또 걸을 뿐이지요. 그래도 송아지 팔고 오면 좀 덜합니다. 십수 년 먹이던 암소 팔고 와서 텅 빈 마구 앞에 서면, 꼭 돌아가신 할배 할매 계셨던 빈방 바라보는 것 같습니다.

제 새끼한테 그렇게 매몰찼던 어미 소지만 송아지 팔고 나면 한 사나흘은 소죽도 먹는 둥 마는 둥 하면서 목이 쉬어라 울어대기만 합니다. 특히 밤에는 소 주인이 이웃들에게 너무 미안해집니다. 그래서 자다가 몇 번이고 소 마구에 나가보면 어미 소는 아예 자리에 누울 생각도 않고 서성이고만 있습니다. 눈빛은 파르스름하니 무슨 불을 켠 것 같고요. 황소를 대령해도 소용없고 아무리 맛난 싱싱한 풀로도 막을 수 없는 자식 잃은 어미의 통곡입니다.

송아지 팔고 나면 어미 소가 울고, 어미 소 팔고 나면 사람까지 웁니다. 그렇게 저렇게 이 고단한 세상 함께 견디다 갑니다. 소는 '짐승'이나 '가축'이 아니라 우리들의 한 집안 '식구'입니다. 아닙니다, 바로 우리들 자신인지도 모릅니다.

6. 다시 시작

우리 겉이 손톱 뭉개지고 지문 다 닳아빠지도록 땅만 파 묵고 사는 무지랭이한테는 지 식구하고 논밭 뙈기 다음으로 중한 것이 소라네, 소 중에서도 일 잘하고 새끼 잘 배는 암소라네.

문전옥답 그저 생겨도 소 없으면 소용없다네. 도리깨 없이 보리타작은 할 수 있어도 소 없이는 농사에 농자도 지을 수가 없고, 도끼 없이 장작은 팰 수 있어도 소 없이는 보리나락 한 포기도 심을 수가 없다네. 큰 소가 힘을 써야 이랑 고랑이 반듯하고, 소가 먹어대야 짚도 콩깍대기도 없어지고, 소가 똥을 싸야 거름이 생기고, 소가 송아지를 배야 살림이 늘고, 소 때문에 불을 때야 사람도 따신 방에 잠을 잘 수 있다네.

어디 그것뿐이던가?

소가 살신공양을 해야 이 세상에서 제일 맛난 고기가 생기고, 소가 뿔을 양보해야 도장도 새기고 안경테도 만들고, 소가 가죽을 남겨놓아야 둥두둥둥 온 산천 떠메고 갈 북소리가 울려 퍼지는 법이라네.

　그래서 옛날부터 어느 집이고 간에 마당가 아래채 마구간에 큰 소 한 마리 누워 있어야 집이 집 같고, 마당이 마당 같아서 우리들 마음이 턱 놓이고 그랬다네. 소가 죽을 안 묵어도 얼라들 아픈 것처럼 맘이 짠하고, 자다가도 마구간에서 푸우 소 숨소리 들리면 새근새근 옆에 식구들 누워 자는 것처럼 그만 잠이 잘 오고 그랬다네. 자슥 새끼들 잘 자는지 건넌방으로 건너가 이불 다독이고 오듯이 밤마실 다녀오는 길 대문 닫고 들어서면 꼭 마구간으로 가서 소하고 눈 한 번 맞춰야 잠이 잘 오고 그랬다네.

　그런 것 보면 틀림없다네. 하늘이 맨 처음에는 논밭을 만들고, 다음에는 농사꾼을 만들고, 안 되겠다 싶었던지 그다음에는 얼른 소를 만들어 내려 보낸 것이 확실하다네. 땅이 하늘이고 밥이 하늘이면, 그 밥 생겨나게 해주는 저 소도 하늘인 것이 분명하다네.

　이 사람아, 나는 밥은 며칠 안 묵고 견뎌도 저 텅 빈 마구간 보고는 하루도 못 살겠네. 다음 장날에는 열 일 젖혀두고 장에 가서 젖먹이 송아지라도 한 마리 어서 몰고 와야겠네. 그래야 내가 일이 손에 좀 잡힐 것 같네. 다리를 뻗고 잠을 잘 수가 있을 것 같네.